# 初學記卷第二十九

## 獸部

錫山安國校刊



### 師子第一

敘事

說文曰虓師子也（虓音呼交反）爾雅曰狻猊如虦猫食虎豹（郭璞注曰即師子也狻音酸猊音倪虦音士姧反）漢書馬彪續漢書章和元年安息國遣使獻師子符枝形似麟而無角穆天子傳曰狻猊日走五百里十洲記曰聚窟洲在西海中申未地面各方三千里北接崑崙二十六里有師子辟邪鑿齒天鹿長牙銅頭鐵額之獸

事對

服狸　擊象

張華博物志曰魏武越蹋■經白狼山逢師子使格之殺傷甚衆見一物從林中出如狸上帝車軛上師子將至便跳上其頭師子服不敢起遂殺之得師子還未至四十里雞犬皆無鳴吠者宋炳師子擊象圖序曰梁伯玉說沙門釋僧吉云嘗從天竺欲向大秦其罰忽聞數十里外岑岑濫濫驚天怖地頃之但見百獸率走蹌地之絕而四巨象虓焉兩至以鼻卷泥自厚塗數尺數

數噴鼻隅立俄有師子三頭崩血若濫泉巨樹草偃

**食豹　似麟** 穆天子傳曰狻猊日走五百里郭璞注曰師子也食虎豹司馬彪續漢書曰條支國出師子犀牛章帝章和元年安息國遣使獻師子符枝形似麟而無角也

**毛淺若䖘　尾大如斗** 爾雅曰狻猊如虥猫食虎豹淺毛也漢書西域傳曰烏弋國有師子似虎正黃尾端毛大如斗

**成敬則之夢　破林邑之軍** 蕭子顯齊書曰王敬則母爲女巫敬則胞紫色謂人曰此兒有鼓角相敬則年長兩腋下乳各長數寸夢騎五色師子後位至太尉尋陽公沈約宋書曰宗慤隨檀和之伐林邑檀海氿山經入象浦林邑王范揚邁傾國來逆限渠不得渡以具裝被象前後無際慤以爲外國有師子威伏百獸乃制其形與象相禦象果驚奔賊衆因此潰亂慤乃與馬軍主馬通厲渠直渡步軍云之共奮擊揚邁迸走大衆一時奔散遂克林邑

**賦** 虞世南師子賦 惟皇王之御曆乃承天而則大治至道於區中被仁風於海外通鳳穴以文軌襲龍庭以冠帶舍吏言於藁街陳方物於王會眇眇地角悠悠嶂表有絕域之神獸因重譯而來擾其爲狀也則筋骨糾纏殊姿異制闊臆脩尾勁毫柔毳鉤爪鋸牙藏鋒蓄銳弭耳宛足伺間借勢暨乎奮鬣舐脣倏來忽往瞋目電曜發聲雷響拉虎吞貔裂犀分象碎隨兕於齦齶屈巴蛇於指掌踐藉則林麓摧殘哮呼則江河振蕩服猜心於猛氣遂感德以依仁同百獸之率舞共六擾而來馴斯則物無定性從化如神譬鱗羽變質於淮海金錫成器於陶鈞當是時也兆庶欣瞻百僚嘉歎恍聲教之遐宣屬光華之在旦臣載筆以叨幸得寓目於奇觀順文德以呈祥乃編之於東觀



## 象第二

**敘事** 爾雅曰南方之美者有梁山之犀象焉說文曰象長鼻牙南越之大獸三歲一乳象身四足而大春秋運斗樞曰樞光散爲象大宛傳曰身毒國其人乘象以戰吳錄地理志曰

九真郡龐縣多象生山中郡内及日南饒之晉
諸公讃曰晉時南越致馴象於阜澤中養之爲
作車黃門鼓吹數十人令越人騎之每正朝大
會皆入充庭帝行則以象車導引以試橋梁後
象以鼻擊害人有司祝之而殺象垂鼻泣血流
地不敢動自後朝議以象無益於事悉送還越
萬震南洲異物志曰俗傳象牙歲脫猶愛惜之
掘地而藏之人欲取當作假牙潛往易之覺則
不藏故處鼻爲口彼望頭若尾呂氏春秋曰肉



之美者髦象之約高誘曰髦象肉之美者張華博物志曰
南海四象各有雌雄其一雌死百有餘日其雄
泥土著身獨不飲酒食肉長吏問其所以輙流
涕若有哀狀

**事對**

藏牙 役鼻沈懷遠南越志曰象牙長一丈餘脫
其牙則深藏之削木代之可得不爾窮其王得乃已也方震南
洲異物志曰象之爲獸形體特詭身倍數牛目不踰豨鼻爲口
役望頭若尾馴良承教聽言則跪素牙
玉潔載籍所美服重致遠行如丘徙

泣子 哀雌蔣子方機論曰
莊周婦死而歌曰通性命者以卑及尊死生不悼周不可論也
夫象見子皮無遠近必泣周何忍哉張華博物志曰昔南海四
象其一雌死若有哀狀

焚身 燧尾左傳曰象有齒以焚其身又曰吴代楚鍼尹尹固與王同舟王
使執燧象奔吴師杜預曰燒
燧火繫象尾使吴師驚却之

天竺戰 蒼梧耕范曄後漢書曰

色圓蹄角端有肉音中黃鍾王者至仁則出大戴禮曰毛蟲三百六十而麟爲之長禮記曰麟鳳龜龍謂之四靈麟以爲畜則獸不狘呼厥反蔡邕月令曰天宮五獸中有大角軒轅麒麟之信凡麟生於火游於土故脩其母致其子五行之精也視明禮脩則麒麟臻左傳曰魯哀公十四年春西狩獲麟叔孫氏之車子鉏商獲之以爲不祥以賜虞人仲尼觀之曰麟也然後取之春秋感精符曰麟一角明海内共一主也王者不

刳胎不剖卵則出於郊淮南子曰麒麟鬬則日月蝕廣雅曰麟者含仁懷義行步中規折還中矩游必擇土翔必後處不履生蟲不折生草不群居不旅行不犯陷穽不罹罘罟文章彬彬何法盛徵祥記麒麟者毛之長仁獸也牝曰麟牡鳴曰遊聖牝鳴曰歸和夏鳴曰扶幼秋鳴曰養綏

事對

木精 仁獸 春秋孔演圖曰蒼之滅也麟不榮也麟木精也宋均曰麟木精生水故曰陰木氣好土土黃木青故麟色青黃不榮謂見𢦏也許慎說文曰麒麟仁獸也麐身牛尾肉角麒從鹿其聲麟比麒也從鹿粦聲

狼頭 牛尾 何法盛晉中興徵祥記麟麕身牛尾狼頭一角黃色馬足也



一角 五蹄 春秋感精符曰麟一角明海內共一主也王者不刳胎不剖卵則出於郊漢書曰終軍從上幸雍獲白麟一角五蹄又得木枝旁出輒復合上異之終軍對曰野獸并角明同本也衆支內附示無外也若此之應殆將有解編髮削左衽襲冠帶要衣裳而蒙至化者焉

駕六飛 吐三養 春秋命曆序曰洛書摘亡辟曰次是民沒六皇出天地命易以第絕宋均曰次民沒民始宄處之世終也六皇此下人數者也辰放大頭四乳號曰皇次屈地敎辰放次屈之名也地敎地名駕六飛麟從日月飛麒麟獸有翼能飛者從日月謂循其度也治二百五十歲孝經古契曰孔子夜夢豐沛邦有赤烟氣起顏回子夏侶往觀之駈車到楚西北范氏之廟見芻兒摇麟傷其前左足束薪而覆之孔子曰兒來汝姓爲誰兒曰吾姓爲赤松子時橋名受紀孔子曰汝豈有所見乎吾所見一禽如麕羊頭頭上有角其末有肉方以是西走孔子發薪下麟視孔子而往麟蒙其耳吐三卷書孔子精而讀之出搜神記載

四靈之畜 五行之精 禮記曰麟鳳龜龍謂之四靈麟以爲畜則獸不狘蔡邕月令章句曰天官三獸曰有大角軒轅麒麟之信凡麟

生於火遊於土故脩其母而致其子五行之精也視明禮脩則麒麟臻

【頌】後漢蔡邕麒麟頌 皇矣大角降生靈獸視明禮脩麒麟來孚春秋既書爾來告就庶士子鉏獲諸西狩

吳薛綜麒麟頌 懿哉麒麟惟獸之伯政平覿景否則戢足德以衛身不布牙角幷營唐日帝堯保祿委體大吳以昭遐福天祚聖帝享茲萬國

西涼武昭王麒麟頌 一角圓蹄行中規矩游必擇地翔而後處不入陷穽不罹網羅德無不王爲之折服

## 馬第四

【叙事】春秋說題辭曰地精爲馬十二月而生應陰紀陽以合功故人駕馬任重致遠利天下月度疾故馬善走周官曰馬八尺以上爲龍七尺以上爲騋六尺以上爲馬又曰凡特居四之一 三牝者一特也 春祭馬祖執駒 馬祖天駟也執駒無令近母也 夏祭先牧頒馬攻特 先牧始養馬者■謂之特 秋祭馬社 馬社始乘馬者世本曰相土作乘馬 冬祭馬步 馬步神爲災害馬者 凡大祭祀朝覲會同毛馬而頒之飾幣馬執扑而從之禁原蠶 原■也天文辰爲馬蠶爲龍精月直火則浴其種是蠶與馬同氣也物莫能兩天禁再蠶者爲傷馬也 禮記曰大夫士下公門式路馬乘路馬必朝服步路馬必中道蹙路馬芻有誅路馬死埋之以帷左傳曰凡馬日中而出日中而入 中春秋分也春分放出之秋分牧■之 爾雅曰騊駼馬 北海有獸狀如馬名騊駼色青 野馬 如馬而小 絕有力駥膝上

皆白惟馵（馵後雨服者馵注音）四骹皆白驓（繒）四蹢皆白首（俗呼爲蹋雪馬）前足皆白騱（奚）後足皆白狗（劬）前右足白啓左白踦後右足白驤左白馵騚馬白腹騵驪馬白跨驈（述）白州驠（音鷰州竅）尾本騴（音晏）尾白駺（即）的顙白顛白達素縣（素鼻埜）面顙皆白惟駹（莫江反顙額也）回毛在膺宜乘（旋毛在腹下如乳者千里馬也）在肘後減陽在幹茀方（幹脅）在背闋廣（音決光也旋毛所在）逆毛居馻（音玄毛逆刺者是）牡曰騭（之逸反）牝曰騇（音舍草馬名）蒼白雜毛騅黃白雜毛駓（音丕今之桃花馬）陰白雜毛駰（今之赭白馬）白馬黑鬣駱白馬黑脣駩（詮）黑喙騧（淺黃色者）一目白瞯（閑）二目白魚宗廟齊毫（尚純）戎事齊力（尚強）田獵齊足（尚疾）馬八尺爲駥何承天纂文曰馬一歲爲馵（注）二歲爲駒八歲爲⿰馬八（八）秏（力會反）馬色也趽（防）曲脛馬也⿰馬文（文）黃目之馬也⿰臽馬（中高反）馬行也漢書曰元狩二年馬生余吾水中（在朔方北）元鼎四年馬生渥洼水中（野馬中有奇異者飲水■土人持勒得之獻其馬神異之故云從水中出也）又曰大宛國別邑七十餘城多善馬馬汗血言其先天馬子也（大宛國高山其上有馬不可得因取五色馬置其下與奥生駒皆汗血國人號天馬子也）漢書

音議曰騕褭者神馬也赤喙黑身魏志曰穢國
出果下馬漢時獻之高三尺魚豢典略曰神馬
者河之精也代馬陰之精常璩華陽國志曰會
無縣有元馬河元馬日行千里死於蜀今元馬
冢是也縣有元馬祠家人牧山下或產駿駒元
馬子也又曰神馬四匹出滇池河中宋書曰宋
大明五年吐谷渾拾寅遣使獻舞馬西京雜記
曰文帝自代還有良馬九匹皆天下駿也一名
浮雲一名赤電一名絕群一名逸驃一名紫鷰





一名綠離驄一名龍子一名驎駒一名絕塵號
爲九逸符瑞圖曰貴人而賤馬則白馬朱鬣集
任用賢良則見又云車馬有節則見騰黃者神
馬也其色黃一名乘黃亦曰飛黃或作古黃或
曰翠黃一名紫黃其狀如狐背上有兩角出白
民之國乘之壽三千歲黃帝乘之相馬經伯樂曰馬
頭爲王欲得方目爲丞相欲得明脊爲將軍欲
得強腹爲城郭欲得張四下爲令欲得長眼欲
得高匡鼻孔欲得大鼻頭有王火字口中欲得

赤膝骨貟而張耳欲得相近而前竪小而厚凡相馬之法先除三羸五駑乃相其餘大頭小頸一羸弱脊大腹二羸小脛大蹄三羸其五駑者大頭緩耳一駑長頸不折二駑短上長下三駑大胳短脅四駑淺髖薄髀五駑

**事對**

青龍 白兎 呂氏春秋曰伊尹説湯曰[illegible]子不得至味故須青龍之疋遺風之乘高誘注曰皆馬名也疾君此遺風也崔豹古今注曰秦始皇有七名馬追風白兎躡景追電飛翮銅爵晨鳧

如龍 似鹿 後漢書曰馬皇后過濯龍門上見外家問起居車如流水馬如龍韓子曰衛嗣君云夫馬倡鹿者而題千金有百金馬而無一金之鹿者何也馬爲人用而鹿不爲人用

歕玉 流珠 穆天子傳曰天子東遊于黃澤宿于曲洛曰黃之池其馬歕沙皇人



威儀黃之澤其馬歕玉皇人壽穀傳玄乘輿馬賦曰揮沫成霧流汗如珠

千里 九逸 漢書文帝時有獻千里馬者詔曰鸞旗在前屬車在後吉行日五十里朕乘千里馬獨先安之乎於是還馬西京雜記曰文帝自代還有良馬九疋號曰九龍

朱翼 縞身 黃章龍馬賦曰夫龍馬之所出于太蒙之荒域分虞淵之幽濬通天光之所極生河海之濱涯被華文而未翼稟神[illegible]之純化乃大宛而種育周書王會曰人乘黃乘黃者似狐其有五肉角犬戎文馬者赤鬣縞身目若黃金名曰古黃之乘

河精 坤象 魚豢典略曰神馬者河之精周易曰坤元亨利牝馬之貞王弼文言注曰以龍敘乾以馬明坤隨事義而取象也

翹陸 奔踶 莊子曰齕草飲水翹陸而居此馬之真性也漢書曰馬或奔踶而致千里士或有負俗之累而致功名

奔霄 追電 王子年拾遺記曰周穆王即位巡行天下馭八龍之駿名曰絕地翻羽奔霄越影踰暉超光騰霧挾翼崔豹古今注曰秦始皇有七名馬追風白兎躡景追電飛翮銅爵晨鳧

騂騏 騄駟 毛詩曰駉駉牡馬在坰之野薄言駉者有

驕有皇有驪有黃有騅有駓有騂有騏有驒有駱史記造父以善御幸於周穆王得驪驥溫驪驊騮騄耳之駟西巡狩樂而忘歸

**麟形** **雞目** 張駿山河經曰畫讚曰敦山有獸其名為穀鹿形一角尚書大傳曰散宜生之犬戎氏取美馬駁身朱鬣雞目者取九六焉陳於紂之庭紂出見之還而觀之曰此何人也散宜生遂趨而進曰吾[■]蕃之臣昌之使者

**騶騎** **騏驥** 東方朔傳曰騏驥騄耳飛兎騕褭天下之良馬者也將以捕鼠於深宮之中曾不如跛犬孫卿子曰驊騮騏驥纖離騄耳古之良馬也

## 賦

**宋劉義恭白馬賦** 惟皇有造惟靈有祕麗氣攡精底愛覃粹八埏稽首以賓庭九荒歛衽而納贄象車垂德以服箱龍馬宅仁而受轡是以周稱𨇾輪漢則天駟體自乾維衍生次位伊赭白之為俊超絕世而稱驥爾其[■]狀也竦身輕足高顙露精氣猛聲烈步遠視明著獻西宛[■]表東京價傾函夏觀竭都城飾金鏤之倏爍揚玉鑾之玲瓏發鳴鏑於懸月駐永埒於脩坰旋四介以作好耀二矛之重英舉舊閑而未儔考前迅而較名

**宋顏延之赭白馬賦** 惟宋二十有二載盛烈光乎重葉武義奧其肅陳文教迄以優洽泰階之平可升興王之軌既接訪國美於舊史考方載於往牒昔帝軒陟位飛黃服皂后唐膺籙赤文候日漢道亨而天驥呈身魏德楙而澤馬效質伊逸倫之妙足自前代而間出並榮光於瑞典登郊歌乎司律所以崇衛威神扶護警蹕是用精曜叶從靈物咸秩暨明命之初基罄九區而率順有肆險以稟朔或逾遠而納貢徒觀其附筋樹骨垂梢植髮雙瞳夾鏡兩權協月異體峯生殊相逸發超攄絕夫塵轍驅騖迅於滅沒然而盤于遊畋作鏡前王肆於人上取悔義方天子乃輟駕迴慮息徒解裝鑒武穆憲文光振民隱脩國章戒出家之敗御揚飛鳥之跱衡故祗順乎所常忽驚備乎所未防輿有重輪之安馬无泛駕之佚處以濯龍之奧委以紅粟之秩服養知仁從老得卒加弊帷收仆質天情周皇恩畢

**宋謝莊舞馬賦** 天子敘三光懋萬寓把雲經之留憲裁河書之遺矩是以德澤上昭天而下漏泉符瑞之慶咸屬榮懷之應必躔月駟呈祥乾確效氣賦景河房承靈天駟凌原郊而漸景曜[■]泉而泳質辭水空而南傃去輪臺而東暨登璧門而歸實掩芝庭而獻轡及其養安騏校進駕龍涓睴大駮於國皂賁二襄於帝閑超益野而踰綠地軼蘭池而轢紫

燕五王晦其順■氏憎其玄東門豈或狀西河不能傳既秣芭以均性又佩衡以崇躅養雄神於綺文蓄奔容於惟蠲蘊■雲之銳影戢追電之逸足方疊鎔於丹縞亦連規於朱駁覲其雙璧應範三封中圖玄骨滿燕室虛陽理竟替策紆汗飛赭沫流珠至於肆夏已升采薺既薦始徘徊而龍俛終沃若而鸞聆迎調露於飛鍾起夆雲於鸞筩寫秦坰之跙塵狀吳門之曳練窮虞庭之蹈蹀究遺野之埋■

詩

唐太宗文皇帝詠飲馬詩 驂骨飲長涇奔流灑洛纓細紋連噴聚亂荇繞蹄縈水光鞍上側馬影溜中橫翻似天池裏騰波龍種生

陳沈炯賦得邊馬有歸心詩 窮秋邊馬肥向塞甚思歸連鑣渡蒲海束舌下金微已却魚麗陣將摧鶴翼圍弥憶長秋道金鞍背落暉

楊師道詠飲馬應詔詩 清晨控龍馬弄影出花林躞蹀依春澗聯翩度碧潯苔流染絲絡水絜寫彫簪一御瑶池駕詎憶長城陰

楊師道詠馬詩 寳馬權奇出未央彫鞍照曜紫金裝春草初生馳上苑秋風欲動戲長楊鳴珂屢度章臺側細蹀經向濯龍傍徒令漢將連年去宛城今已獻名王



牛第五

敘事

說文曰牡畜父也從牛土聲犅古郎反特牛犢牛牝畜母也從牛匕聲犢牛子也㸬普外反二歲牛也犙山耽反三歲牛也牭思貳反四歲牛也犗戒又音加騰驝牛也牻莫江反白黑雜毛牛也㹁力強反牻牛也犡力制反牛白脊也㹇達胡反黃牛虎文也犖駁也将力拙反牛白脊也牶四耕反牛駁如星也犥普表反牛黃白色也犉而純反黃牛黑脣也犨岳白牛也犟居牟反牛長脊也犪叨牛徐行也

犨牛息聲也一曰牛鳴牷（全）牛純色也牿（谷）牛馬牢也犓（楚拘反）以芻莝養牛也犪（如小反）牛柔謹也吕忱字林曰㸬（火口反）牛鳴也犎野牛也犕（皮祕反）牛具齒也何承天纂文曰尥（力郢反）牛後脚正也牛羊無角謂之牠（苦戈反）牛羊角長謂之犏（士徒反）世本曰胲作服牛（胲黃帝臣也能駕牛）周官曰牛人掌養國之公牛以待政令祭祀供享牛求牛賓客供積膳牛軍事供犒牛喪事供奠牛軍旅供兵車之牛牛角長二尺有五寸三色不失謂之牛載



牛（三色本白中青末豐也戴牛■直一牛）禮記曰祭宗廟之禮牛曰一元大武祭天地之牛角繭栗宗廟之牛角握賓客之牛角尺又曰帝牛不吉以爲稷牛帝牛必在滌三月稷牛唯具又曰天子以犧牛諸侯以肥牛大夫以索牛郭氏玄中記曰萬歲樹精爲青牛甯戚相牛經曰牛歧胡壽（歧牽兩腋下分爲三）眼去角近行駛眼欲得大眼中有白脈貫童子最快（二軌從鼻臣髀爲前軌從髀至額爲後軌）頸骨長且大快駛也壁堂欲得闊（壁堂脚股門）倚欲得如絆馬聚而正也膺庭欲得

廣（膺庭胷前也）天關欲得成（天關脊接骨）雋骨欲得垂（脊中央欲得下）插頭

欲得高百體欲得緊蘭株欲得大（尾株）豐岳欲得大

（膝株骨）垂星欲得有怒肉（垂星蹄上也肉覆蹄間名怒肉）力柱欲得大

而成（當車骨也）懸蹄欲得如八字陰虹屬頸千（陰虹者有

雙筋自尾骨屬頸甯公所飯）陽鹽欲得廣（陽鹽者夾尾株前兩膁上）常有似鳴者

有黃也廣志曰犘（馬家反）牛出巴中千斤犦（涌角反）

牛一曰犎牛有赤豹封牛周留水牛毛青腹大狀

似豬有牧牛項上堆肉大如斗似馲駞日行三

百里出徐門有犤（皮）牛猶庳小今謂之䅡牛又



呼果下牛出廣州高涼郡䰩（五威反）牛如牛而大

肉數千斤出蜀中夔牛重千斤晉時此牛出上

庸郡犣（力涉反）牛犛牛也髀膝尾間皆有長毛花

蹄牛高六尺尾環繞角有四耳角端有肉蹄如

蓮華堂牛色黑或黃日南有之潛牛形似水牛

一名犺（沉）牛麟牛似鹿又似羊肉美牥（方）牛如

馲駝能行又有犎牛莊子曰其大若垂天之雲

**事對**

文角　花蹄（臧彥駁牛賦曰乃有超羣獨出騂毛文角玷班疑白鮮纖蛸由郭子横

洞冥記曰元封三年大秦獻花蹄牛高六尺）

堅體　促身（甯戚相牛經曰插頭欲得高百體欲得緊）

大膔踈肋難齡龍頭突目好跳又曰角欲得細身欲得促形欲得如卷

**白角 青毛** 穆天子傳曰犬戎胡觴天子于雷首之阿乃獻良馬四足天子使孔牙受之爰有黑牛白角也異物志曰周留水牛也毛青大腹鋭頭青尾

**四耳 八足** 郭子橫洞冥記曰元封三年大秦獻花蹄牛高六尺尾環繞角生四耳千寶搜神記曰晉大興元年武陵太守王諒牛生子一頭八足兩尾而共一腹者也

**猒白 乘青** 郭璞洞林曰義興方叔保得傷寒垂死令璞占之不吉令求白牛猒之求之不得唯羊子玄有一■牛不肯借之璞爲致之即曰有大白牛從西來逕往臨叔保叔保驚惶病即愈闗令傳曰周無極元年老子度闗闗令尹喜先勑門吏曰若有老翁從東來乘青牛薄板車者勿聽過闗其日果見老翁乘青牛車求度闗闗吏入白喜曰諾道今來矣我見聖人矣即帶印綬出迎設弟子之禮

**東夷占骨 西河畜牸** 楊方五經鈎沉曰東夷之人以牛骨占事呈示吉凶無往不中牛非含智之物骨有若此之効孔叢子曰猗頓魯之窮士聞朱公富往問術焉告之曰子欲速富畜五牸乃適西河大畜牛羊于綺氏之南十年之間子息萬計貲擬王公



**賦**

**宋孔甯子犛牛賦** 惟茲獸之依生亦棲遐而憑阻遁綿野於岷隅挹清源於庸渚奔逸躅而倫襂載賁首而亂荮茸長犛之髟鬣戾狠情而首鼠邁羔羊之如膏侔蜉蝣之楚楚既作表於禮樂又爲容於軍旅奉藩岳之休明被戎荒而既亭班賝賂而來庭超印竘乎其所云云

**詩**

**隋柳顧言詠死牛詩** 一朝辭紺幰千里別黃河對衣徒下泣扣角詎聞歌

## 驢第六

**敘事**

說文曰驢似馬耳驝驢子也驝亡東反何承天纂文曰驢一曰漠驢其曰驝符子曰有驢仙者享五百負乘而不輟歷無定主大驛於天下漢書五行志曰靈帝於宮中西園駕四白驢躬自操轡公卿相放價與馬齊說文曰騾驢

父馬母也駃騠馬父驢子也【事對】名駒　奇畜臧道顏弔馿文曰聰敏寬詳高音遠暢眞馿氏之名駒也史記曰匈奴奇畜即馿騾也　廣顙　長耳袁叔排諧文中馿山公九錫曰青脊絳身長頰廣顙脩尾後垂目耳雙磔許慎說文曰馿似馬騾馿子也　子瑜面　孫楚聲吳志曰諸葛子瑜■似馿晉書曰王濟好馿鳴孫楚哭之曰子好馿鳴爲汝作一聲而形體俱似

【文】宋袁淑排諧文驢山公九錫若乃三軍陸邁粮運艱難謀臣停筭武夫吟歎爾乃長鳴上黨慷慨應官崎嶇千里荷囊致餐用■大勳歷世不刊斯實爾之功也音隨時興晨夜不默仰契玄象俯叶漏刻應更長鳴毫分不却雖挈壺著稱未足比德斯復爾之智也若乃六合昏晦三辰幽冥猶憶天時用不虛聲斯又爾之鳴也青脊絳身長頰廣額脩尾後垂目耳雙磔斯又爾之形也嘉麥既熟實須精麪負磨回衡迅若轉電惠我衆庶神祇獲薦斯又爾之能也爾有濟師旅之勳而加之以衆能是用遣中大夫盧丘廬加爾使銜勒大鴻臚班腳大將軍宮亭侯以揚州之廬江江州之廬陵吳國之桐廬合浦之朱廬封爾爲中馿公

臧道顏弔驢文夫徵祥契於有感景行表於事跡故銓才授任必求之■越考能覈用亦存乎望實以■貌定名則稱謂而標聲色位號則由焉而授爰有奇人西州之馳駈■體質強直禀性沉稚聰敏寬詳高音遠暢眞馿氏之名駒也

## 駞第七

【敘事】淮南萬畢術曰橐駞之本出泉渠廣志曰天竺以北多馲駞山海經曰號山陽光之山獸多橐駞善行流沙中日三百里負千斤漢書西域傳曰鄯善國多馲駞

【事對】出天竺　鬬龍祠廣志曰橐駞亦出天竺國東觀漢記曰河西太守竇融遣使獻橐駞南單于上書獻橐駞單于歲三龍祠走馬鬬橐駞以爲樂事　識泉源　知水脈郭璞山海經圖橐駞讚曰駞惟奇畜肉鞍是被

迅鷲流沙顯功絶地潛識泉源微乎其智張華博物志曰燉煌西度流沙往外國流沙千餘里中無水時有伏流處人不能知皆乘槖駞駞知水脉遇其處停不肯行以足蹋地人於其所蹋處掘之輙得水矣

實外廄 夾中陽

史記蘇秦傳曰蘇秦說楚威王曰大王誠能用臣之愚計則韓齊燕趙鄭衛之妙音美人必充後宮燕代槖駞良馬必實外廄陸翽鄴中記曰二銅駞如馬形長一丈高一丈足如牛尾長二尺脊如馬鞍在中陽門外夾道相向

讚

晉郭璞山海經圖槖駞讚駞惟奇畜肉鞍是被迅鷲流沙顯功絶地潛識泉源微乎其智

## 羊第八

敘事

說文曰羊詳也羔羊子也羜五月生羔也𦍩士具反六月生羔也羍他達反七月生羔也䍜雉矯反羊未卒歲也牂牝羊也羒扶分反牡羊也羠因几反乘羊也羳扶貞反黃腹羊也羥猎間反羊



名也廣雅曰吳羊牝一歲曰牝䍜三歲曰羝其牡一歲曰羜䍜三歲曰牂吳羊犗居謁反昌䍧蒲各反羖羊犗曰羯羍羜䍽思究反羔也爾雅曰䴁大羊佀羊大角𧴪銳在山崖間羱如羊音元似吳羊羊牝羒墳牝牂夏羊黑羖羊𦍸也牡羭音愉黑羝未成羊羜絶有力奮禮記曰凡祭宗廟之禮羊曰柔毛譙周法訓曰羊有跪乳之禮雞有識時之候鴈有庠序之儀人取法焉王充論衡曰解豸者一角之羊也性知有罪皋陶治獄其罪疑者令羊觸之崔豹古今注曰

羊一名髯鬚主簿瑞應圖曰鍾律和調則玉羊
見白澤圖曰羊有一角當頂上龍也殺之震死
山海經曰羬羊尾如馬尾出錢來之山羬音鍼玉篇作五
咸反涼州異物志曰封羊其背如駞廣志曰驢羊
似驢

**事對**

**觸藩** **跪乳** 周易曰羝羊觸藩羸其角鄭氏婚禮謁文讚曰羣而不黨跪乳
有敬禮以爲贄吉事之宜譙子法訓曰羊
有跪乳之禮雞有識朝之候而人取法焉

**土怪** **嶽精** 國語
曰桓子穿井獲如土缶其中有羊焉使問仲尼曰吾穿井得狗
何也對曰以丘所聞羊也木石之怪夔魍魎水之怪龍罔象土
之怪曰羵羊也周易■謀類曰太山失金雞
西岳亡玉羊鄭玄注曰金雞玉羊二岳之精

**柔毛** **貢首**
禮記曰凡祭宗廟之禮羊曰柔毛詩曰牂羊
貢首三星在罶鄭玄注曰羊牝曰牂貢大也

**叱石** **噉珠**



葛洪神仙傳曰黃初平者丹溪人也年十五牧羊有道士便將
至金華山其兄初起行索初平歷年不得見市中有道士乃隨
求弟相見語畢問羊何在平曰羊近山東初白不見便俱去平
言叱叱羊起於是白石皆起成數萬頭羊劉義慶幽明錄曰洛
下有洞穴婦欲殺夫推下經多時至底乃得 穴宮館金飾得
明瑜三光人長三丈如此九處最後至告飢長人指樹下一羊
令羊跪捋羊鬚初得一珠長人取之次■後令
噉即療飢請問九處名求停不去荅云君不得停

**丹毛**

**白血** 續異記曰吳興俞亮以永明八年補護軍府史於當眠
處聞有羊聲疑爲神怪竊於戶窺之見其林下有羊可
高二尺毛色若丹光耀滿室穆天子傳曰犬戎胡觴天子于雷首
之阿乃獻良馬四疋天子使孔牙受之曰雷水之平爰有黑牛
白角爰有黑羊白血

**五羖** **六飛** 呂氏春秋曰百里奚未遇時號亡虞飯牛於秦傳鬻以五羖羊之皮
公孫枝得獻諸繆公繆公用之謀無不當舉必有功春秋命歷
序曰有人黃頭大腹出天齊政三百四歲■神次之號曰皇神
出淮駕六飛羊政三
百歲五葉千五百歲

**重十斤** **高三尺** 郭義恭廣志曰太尾羊細

毛薄皮尾上旁廣重且十斤出康居春秋說題辭曰羊者詳也詳以攺也合三爲生以養士也故羊高三尺

讚 晉郭璞山海經圖羬羊讚 月氏之羊其類在野厥高六尺尾亦如馬何以審之事見爾雅

## 豕第九

敘事 爾雅曰豕豬也 江東呼爲豨 䝐豶 䝐羊喬反俗呼小豶 豕 豬爲䝐子也 幺豚 最後生者俗呼爲幺豚 奏者豱 音溫今豱豬短頭皮理腠蹙也 豕生三豵 宗 二師一特所寢橧四蹢皆白豥其跡刻絕有力豟 音厄豕高五尺者 牝豝彘五尺爲豟 大豕爲豟今漁陽呼豬大者爲豟也 許慎說文曰豰 許卜反 小豚也豯豚生三月也豵 子公反 豚生六月也或曰一歲曰豵豝牝豕豶羠也豕豣 公妍反 三歲豕豭壯豕也䝐豶也豛 役 俗名豬曰豛豷 於麗反 豕息也豢以穀圈養豕也何承天纂文曰梁州以豕爲豬 之妙反 河南謂之彘吳楚謂之豨 火豈反 漁陽以豬爲豟齊徐以小豬爲䝒 仕主反 䝕 覓 白豕黑頭也豱豕奏毛也禮記曰凡祭祀之禮豕曰剛鬣春秋說題辭曰斗星時散精爲彘四月生應天理崔豹古今注曰豬一名參軍山海經曰貓豬大者肉至千斤豪豬狀如豚而白毛毛大如笄而黑端 郭璞曰豪豬也夾髀有麄毫長數尺能以頸上毫射物也

事對 剛鬣 攢錐 禮記曰凡祭祀之禮豕曰剛鬣豚曰

腯肥郭璞山海經圖豪彘讚曰剛鬣之族號曰豪豨毛如攢錐中有激矢

**白頭** **青爪** 東觀漢記曰朱浮與彭寵書責之曰伯通自伐以爲功高天下往時遼東有豕生白頭異而獻之行至河東見群豕皆白懷慙而還若以子之功論於朝廷則爲遼東豕也養生要集曰豕白蹄青爪不可食也

**長垣澤** **木蘭橋** 東觀漢記曰吳祐年二十喪父獨居家無擔石而不受贍遺常牧豕於長垣澤中習鑿齒襄陽耆舊傳曰木蘭橋者今之豬蘭橋是也劉和季以此橋近荻有戴菜於橋東大養豬襄陽太守皮府君曰作此猪屎臭當易名作豬蘭橋耳莫復云木蘭橋也初如戲之而百姓遂易其名

**魯津伯** **大蘭王** 符子曰朔人有獻燕昭王大豕者宰夫而膳之豕既死乃見夢於燕相曰造化也勞我以豕形食我以人穢今仗君之靈而化始得爲魯津之伯也袁淑排諧集大蘭王九錫文

**文**

**宋袁淑大蘭王九錫文** 大亥十年九月乙亥朔十三日丁亥北燕伯使使者豪豨冊命大蘭王曰咨惟君稟太陰之沉精標羣形於玄質體肥腯而洪茂長無心以遊逸資豢養於人主雖無爵



而有秩此君之純也君昔封國殷商號曰豕氏葉隆當時名垂于世此君之美也自蹢彰於周詩涉波應乎隆象歌詠垂於人口經千載而流響此君之德也君相與野遊唯君爲雄顧羣數百自西徂東俯歆沫則成霧仰奮鬣則生風猛毒必噬有敵必攻長驅直突陣無全鋒此君之勇也

## 狗第十

**叙事**

**春秋考異郵曰狗三月而生陽主於三故狗各高三尺爾雅曰犬生三猣**宗 **二師一玂**祈 **未成毫狗絕有力狣**兆 **龍狗四尺爲獒說文曰校犬多毛也猲**虛謁反 **短喙犬也獫**胡斬反 **犬吠不止也獒犬人心可使也狋**言佳反 **壯犬也犾赤犬也呂忱字林曰獹韓良犬也捉**鵲 **宋良犬**

也犴五見反 逐虎犬也何承天纂文曰守犬爲獖
扶木反 隴西以犬爲猶酉 獶乃居反 𣰓乃庚反 皆多毛
犬也 獟乃校反 猘居例反 䂏彫 屈尾犬也周官曰犬
赤股而躁臊後漢書曰帝高辛氏有狗名槃瓠
其文五色時犬戎兵彊乃募能得犬戎吳將軍
首者賜以少女槃瓠得之於是少女隨槃瓠升
南山產子男女十二自相夫妻後繁盛也干寶
搜神記曰槃瓠者本高辛氏宮中老婦人有耳
疾醫者挑治之有物大如蠒以瓠離盛之以槃



覆之有頃化爲犬其文五色因名槃瓠雜五行
書曰白犬虎文南斗十畜之可致萬石也黑犬白
耳大王犬也畜之令富貴黑犬白前兩足宜子
孫白犬黃頭家大吉黃犬白尾代有衣冠黃犬
白前兩足利人

**事對**

金畜 斗精 應劭風俗通曰殺犬磔犬者金畜攘
者却也抑金使不害也春秋考異郵曰七九六十三陽氣通故斗運狗三月而生宋均注曰狗斗精之所生也 烏龍
青鸛 陶潛搜神記曰會稽句章人張然養一狗甚快名曰烏龍周處風土記曰大則青鸛白雀飛龍虎子馴良捷警
難伊易使也 竦耳 注精 賈岱宗大狗賦曰竦耳側聽張然滯役經年不歸婦遂與奴私通然養一
狗名曰烏龍後歸奴與婦欲謀殺然狗注精舐脣視奴然曰烏龍與手應聲盪奴失刀仗然取刀殺奴也 黃頷

赤精 許愼說文曰猗黑犬黃頭也傅玄走狗賦曰轉視流光朱耀赤精 長耳 短喙 白澤
圖曰黑狗白頭長耳卷尾龍也蔡氏清論曰望視之兒白蹄之
家短喙之犬脩頭之馬斯禽獸也猶形乎勢觀況君子之貌獨
無表吉者哉 旅獒 周狗 尚書曰西旅獻獒公羊傳曰靈公有周狗謂之獒也 鈴蹄
鍇齒 傅玄走狗賦曰骬節急筋豹身龍形蹄如結鈴五魚體成周處風土記曰犬則青鶚白雀飛龍虎子猲獢五魚
狼牙鍇齒 宋淖 韓盧 莊子曰介闔閭里有狗宋人之鬻狗也其家命之爲淖逐狗不及止而止
而望之自以爲過矣戰國策曰齊欲伐魏淳于髡謂齊王曰韓
子盧者天下壯犬也東郭俊者海內之狡兎也韓子盧逐東郭
俊環山者三騰山者五兎
極於前而犬疲於後者也 白首 素牙 山海經曰陰山有獸焉其狀如貍白
首其名天狗傅玄走狗賦曰足縣鉤 賁書 銜卵 述異記曰陸機
爪口含素牙首類驤螭尾如騰蛇
狂吳爲犬曰我家絕無書信以竹筩繫之犬頸犬疾走向吳其
家作荅內竹筩中仍馳還洛郭緣生述征記曰古徐國宮人娠



而生卵棄之水濱有犬名白蒼
銜卵而歸俄而成人遂爲徐嗣君 走百里 高三尺 穆天子傳曰天
子之狗走百里執虎豹也郭頌魏晉俗語曰太康七年
天郊壇下有白犬高三尺光色鮮明恒臥見人則去 賦 魏

賈岱宗大狗賦 余生處大魏之祚政遭王路之未闢進不得補過之功退不得銜國之冊帝曰疇咨逆
狂朔易越彼西旅大犬是獲其頭顱也不可論以盡其骨法也
不可辨而釋偓佺蹴踏雄資猛相凡然高八九尺形體如箭鏑
象貌如刻畫毛踰紫艷光雙眉如白璧時頻伸而振迅若應龍
之騰擲爪類刀戈牙如交戟聞林獸之羣爭欻斷鑠而齕石逆
風長厲野禽是覓鼻嗅微香眼裁輕跡盼嚮而奮怒揮霍而振
闕聲天梁折地柱劈倒曳白象挫其腰齧掣六駮折其脊拓㩳熊
羆破其匈搒抄獸頭斷其觜爪處如劍犛牙劍似鈹刺視其未
死之間血泉涌如箭射於是駈麋鹿之大羣入窮谷之峻㞕走
者先死往者被擊前無孑遺後無一隻然其所折伏敬主識人
晝則無窺窬之客夜則無奸淫之賓通聽百里夜吠狺狺若乃
蠻夷猾夏列士異操輕概单集人馬銜枚猛火先覺音聲正摧
竦耳側聽則恒山動南向嚾嚾則霍山頹耽精直視則瞫丘磈

虓嚇奔突則重闈開非吾畋獵之有益乃可安國家衛四隣者也昔宋人有鵲子之譽韓國㳂其大盧彌明振之於巨獒槃瓠受之於鑾都淪百代之名狗敢餘犬之能俱絕四鐵之猲獢云何盧令之足書

## 西晉傅玄走狗賦

蓋輕迅者莫如鷹猛捷者莫如虎惟良犬之稟性兼二儁之勁武應天人之景曜順[■]象而近處憑水木之和氣鍊金精以自輔統黔喙於秋方君太素之內寓諒韓盧其不抗豈晉獒之能禦既乃濟盧泉涉流沙踰三光跨大河希代來貢作㳂皇家骨相多奇儀表可嘉足懸鉤爪口含素牙首類驤螭尾如騰虵脩頸闊腋廣前捎後豐顱促耳長乂緩口舒薄急筋豹耳龍形蹄如結鈴五魚體成勢似淩青雲目若泉中星轉視流光朱曜赤精震茹黃而帽宋鵲兮越妙古而揚名於是尋漏跡躡遺踪形疾騰波勢如駭龍邈朝烏之輕機兮絕[■]獸之逸軌漂星流而景屬兮逾窈冥而騰起陵岡越壑橫山超谷原無遁逸林無隱鹿顧正隰以嬉游兮步蘭皐而騁足然後娛志苑囿逍遥中路屬精猋以待蹤逐東郭之狡兔[■]洋洋以衍衍逞妙觀於水路既迅捷其無前又閑暇而有度樂極情遺逸足未殫抑武烈而就羅兮順討麾而言旋歸功美於執紲兮其絭絲之不虞感恩養而懷德兮願致用於後田聆輶車之鸞鑣兮逸猲獢而盤桓



## 鹿第十一

敘事 爾雅曰麚牝曰麀其子麛絕有力麉春秋運斗樞曰搖光散為鹿江淮不祠則瑤光不明瑤生鹿衡波傳曰鹿生三年其角自墮史記曰古者皮幣諸侯以聘享乃以白鹿皮方尺緣以藻繢為幣直四十萬王侯朝覲享聘必以為幣薦璧然後得行漢西夷傳曰雲南縣有神鹿兩頭食毒草抱朴子曰鹿壽千歲滿五百歲則色白瑞應圖曰王者承先聖法度無所遺

失則白鹿來爾雅曰麔大麃薄交反牛尾一角麔大麔旄眉狗足旄毛尾貜長也說文曰麔或作麃或作麀

**事對**

**四駕** **六飛** 越絕曰越王勾踐有寶劒薛燭曰是巨闕非寶劒也王曰然巨闕初成之時吾坐於露壇之上宮中有四駕白鹿而過者奔車驚春秋歷命序曰神駕六飛鹿化三百歲

**三角** **七星** 伏侯古今注曰漢明帝永平九年三角鹿出江陵劉敬叔異苑曰鄱陽樂安彭曾射一鹿兩角間有道家七星符而其祖名字鄉居年月存焉遂斷射獵

**求友** **鳴麑** 楚詞曰飛鳥號其羣兮鹿鳴求其友把宮而宮應彈角而角動魏文帝短歌曰呦呦游鹿銜草鳴麑翩翩飛鳥挾子巢棲

**黃衣** **紫纈** 劉義慶幽明錄曰陳郡謝鯤常在一亭中宿此亭從來殺人夜四更末有一黃衣呼幼輿可開戶鯤令申臂於窻中於是授腕鯤即拯力而牽之臂便脫乃還去明日看乃鹿臂尋血逐取獲焉陶潛搜神後記曰淮南來氏於田種豆忽見有二女姿色甚美着紫纈襦青裾天雨而衣不濕其壁先桂一銅鏡鏡中見二鹿以刀斫獲之以爲脯

**齊逐** **戎掎** 韓詩外傳曰齊景公逐白鹿至畝丘見封人曰使吾君壽金玉是賤百姓是寶公曰善左傳曰譬如捕鹿晉人角之諸戎掎之

**賜百金** **壽千歲** 管子曰桓公問管子楚之強國舉兵伐之恐力不能過奈何對曰公貴買其鹿公即爲百里之城使人載錢二千萬求生鹿於楚人楚人釋其農而田鹿管子告楚人賈曰爲致生鹿賜子金百斤什至金千斤抱朴子曰鹿壽千歲滿五百歲則色白

**老子乘** **王母使** 崔玄山賴鄉記李母碑曰老子乘白鹿下記於李母也孫柔之瑞應圖曰黃帝時西王母使使乘白鹿獻白環之休符有金方也

**賦**

**虞世南白鹿賦** 惟皇王之盛烈表帝德之休符有金方之瑞獸乃耀質於名都既馴洽於郊甸亦騰倚於山隅素毳呈彩霜毫應圖宴嘉賓於雅什偶仙客於天衢故能著美祥瑞流名典謨

**頌**

**吳薛綜白鹿頌** 皎皎白鹿體質馴良其質皓曜如鴻如霜

# 兔第十二

叙事 爾雅曰兔子娩敷萬反其迹迒絶有力 春秋運斗樞曰玉衡散爲兔 禮記曰祭宗廟之禮兔曰明視 伏侯古今注曰建平元年山陽得白兔目赤如朱 山海經曰天池山有獸如兔鼠首以其背飛名飛兔以背上毛飛去 王充論衡曰兔視雄毫而孕及其生子從口中 瑞應圖曰赤兔者瑞獸王者盛德則至

事對 目赤 背飛 伏侯古今注曰成帝建平元年山陽得白兔其目赤如朱 括地圖曰天池山有獸如兔鼠首以其背飛名飛兔以背上毛飛

得髕 進肩 應劭風俗通曰兔髕俗説臘正祖之食得兔髕者名之曰幸賞以寒酒幸者令人吉利 東觀漢記曰王郎追上自薊東南馳至南宮馮異進麥飯兔肩因渡呼沲河




攫室 環山 范曄後漢書曰蔡邕性篤孝母亡廬于冢側有兔馴擾其室 戰國策曰齊欲伐魏淳于髡謂齊王曰韓盧者天下之壯犬也東郭㕙者海内之狡兔也韓盧逐東郭㕙環山者三騰山者五兔極於前犬疲於後田父見之無勞倦之苦而擅其功

擣藥 和丹 傅玄歌辭曰兔擣藥月間安足道神烏戲雲間安足道 抱朴子曰和安丹法以兔血和丹與蜜蒸之百日服之如梧子者二九一百日有神女二人來侍可役使也

爰爰 趯趯 毛詩曰兔爰爰雉離于羅又曰趯趯毚兔遇犬獲之往來行言心焉數之

舞鎬 游墳 紀年曰宣王三年有兔舞鎬 謝承後漢書方儲字聖明幼喪父事母母死乃負土成墳種奇樹千株鸞鳥棲集其上白兔遊其下

射首 刻毛 范曄後漢書曰劉昆王莽時教授弟子恒五百餘人每春秋饗射常備列典儀以素木瓠葉爲俎豆桑弧蒿矢以射兔首每月行禮縣宰輙率吏屬而觀之 張播漢記曰梁冀起兔苑于河南移檄在所調發生兔刻其毛以爲識人有犯者

罪至死

【賦】東晉王廙兎賦曰皇大晉祖宗重光固坤厚以爲基兮廓乾維以爲綱方將朝服濟江傳檄萬國反梓宮於舊塋兮奉聖帝乎洛陽建中興之遐祚兮與二儀乎比長於是古之有德則納瑞而求安無德則不勝而爲災赤烏降於周文兮尚稱曰休哉桑穀生於殷庭兮中宗克巳以成仁雊雉登夫鼎耳兮武丁責躬而敎純

## 狐第十三

【敘事】說文曰狐妖獸也鬼所乘也有三德其色中和小前大後死則首丘從犬瓜聲爾雅曰狸狐貒貈醜其足蹯其跡狃狃指頭反白虎通曰狐死首丘不忘本也明不忘危也德至鳥獸則九尾狐見者九配得其所子孫繁息也於尾者後當盛也春秋潛潭巴曰白狐至國民利不



至下驕恣山海經曰武都之山黑水出焉其上有玄狐蓬尾郭氏玄中記曰千歲之狐爲淫婦百歲之狐爲美女道士名山記曰狐者先古之淫婦也其名曰紫紫化而爲狐故其性多自稱阿紫也抱朴子玉策記曰狐及狸狼皆壽八百歲滿三百歲暫變爲人形詩義問曰狐之類貉貒貆也貉子曰貆貆形狀與貉類異世人皆名貆胡烜反貉子似貍爾雅曰貈子貆其雌者名貖音才獠反今江東呼貉爲狹徒貒子貛貒豚也一名貛又曰貍子隸今或呼貍爲孤狸

忌犬 首丘 劉敬叔異苑曰胡道洽自云廣陵人好音樂醫術之事體有臊氣常以名香自防惟忌猛犬自審死日誡弟子曰氣絕便殯勿令狗見我尸也死於山陽斂畢覺棺空即開看不見尸體時人咸謂狐也禮記曰古之人有言曰狐死正首丘仁也白虎通曰狐死首丘不忘本也

持火 聽氷 管輅傳曰夜有二小物如獸手持火以口吹之書生舉刀斫斷腰視之狐也自此无火災郭緣生述征記曰北風勁河氷始合要須狐行云此物善聽聽氷下无水聲然後過河

有三德 長百獸 許慎說文曰狐妖獸也鬼所乘也有三德其色中和小前大後死則首丘戰國策曰荊宣王問羣臣曰吾聞北方之民畏昭奚恤果成何如江乙對曰虎求百獸而食之得狐狐曰天帝令我長百獸今子食我是逆天帝命也子以我不信吾爲子先行子隨我後觀百獸之見我而敢不走者乎虎以爲然遂與之行獸見皆走

應夏禹 瑞周文 趙曄吳越春秋曰禹年三十未娶行塗山恐時暮失嗣曰吾之娶也必有應矣乃有白狐九尾而造於禹曰白者吾服也九尾者王證也於是塗山人歌曰綏綏白狐九尾龐龐成于家



室我都攸昌禹曰娶塗山女郭璞山海經圖讚曰作瑞周文

讚

晉郭璞山海經圖九狐讚 青丘奇獸九尾之狐有首翔見出則銜書作瑞周文以標靈符

鼠第十四

敘事

說文曰鼠穴蟲揔名也象形凡鼠之屬皆從鼠爾雅曰鼫鼠地中行 鼸鼠以頰裏藏食 鼷鼠有螫毒者 鼷鼠上音斯 鼬鼠今鼬似鼦赤黃色大尾啖鼠江東呼爲鼪 鼩鼠音劬小鼱鼩也 鼫鼠形大於鼠頭似兔尾有毛青黃色好在田中食粟豆關中呼爲鼩鼠 豹文鼮鼠音廷文彩如豹 鼳鼠音孤覔反似鼠而蒼黑色在樹木上 又鼯鼠夷由狀如小狐似蝙蝠肉翅飛且乳亦謂之飛生音如人呼 說文曰鼢鼠伯勞之所化也鼪鼠今鼠者也束晳發蒙記曰西域有火鼠之布東

海有不灰之木魚豢魏略曰大秦國有辟毒鼠劉敬叔異苑曰西域有鼠之國鼠之大者如狗中者如兔小者如常鼠頭悉白商估有經過其國者不先祈祀則嚙人衣裳山海經曰丹熏之山有獸焉其狀如鼠而兔首麋耳以其尾飛名曰耳鼠可禦百毒鄭氏玄中記曰百歲之鼠化爲蝙蝠晉太康地記曰鳥鼠之山在隴西首陽縣鼠尾短如家獸穴入三四尺鼠在內鳥在外鄧明南康記曰南康英山石室號金鼠時見百怪書曰鼠咋人衣領有福至吉本草曰鼷鼠世中一名隱鼠形如鼠而無尾黑色長鼻莊子曰鼷鼠飲河不過滿腹

**事對**

食火　飲泉 爾雅曰鼮鼠夷由郭璞注曰狀如小狐食烟火能從高赴下不能從下上高沈懷遠南越志猷鼠似鼷鼠常洞地穴飲泉噬竹

銜炷　齧鞍 釋法顯佛游天竺記曰祇園精舍燒香續明日月不絕鼠銜炷燒幡蓋遂及精舍都盡魏志曰鄧哀王冲字倉舒時軍國多事用刑嚴重太祖馬鞍在庫而爲鼠所齧報太祖笑曰兒衣在側尚齧況馬鞍懸於柱乎

玉星　金室 春秋運斗樞曰玉衡星散而爲鼠鄧德明南康記曰南康山石室號金堂內金色有金鼠時見也

尾白　毛蒼 郭璞洞林曰宣城郡有隱鼠大如牛形似鼠象脚脚有三甲背如驢蹄身赤色胷前尾上白異物志曰鼠毋頭脚似鼠毛蒼口鋭大如水牛而畏狗水田時有外災起於鼠

盜肉　捧珠 史記張湯杜陵人其父爲

長安丞湯守舍還而鼠盜肉其父怒笞湯湯掘鼠窟得鼠及餘肉劾鼠掠治劉敬叔異苑曰景平中東陽大水永康蔡喜夫避任南壟夜有大鼠浮水而來伏喜夫奴牀角奴愍而不犯每以飯與之水勢既退喜夫將得反故居鼠以前脚捧青紵紙裹三斤許珠著奴牀前啾啾狀如欲語也

**有皮 無骨** 毛詩曰相鼠刺无禮也相鼠有皮人而无儀人而无儀不死何爲干寶搜神記曰晉大康中會稽郡彭蜞及蟹皆化爲老鼠大食稻爲災始成者有肉而無骨

**腹白 背蒼** 廣志曰白猨鼠長尾白腹善登緣與居小異者也郭璞曰狀如小狐似蝙蝠肉■尾頭脅毛紫背上蒼文腹下黃喙領雜白也

**爪長 尾短** 爾雅曰鼫鼠夷由郭璞注曰狀如小狐脚短爪長廣志曰鼫鼠𪕮目短尾

**食鳥 毀牛** 爾雅曰鼶鼠郭璞注曰江東呼鼶鼠者似鼠大而食鳥在樹木上也魏文帝與王朗書曰蚤虱雖細困於安寢鼶鼠雖微猶毀郊牛

**尾飛 背騰** 山海經曰丹熏之山有獸焉其狀如鼠而兔首麋耳其音如嗥犬以尾飛名曰耳鼠郭璞山海經圖飛鼠讚曰或以尾翔或以髯凌飛鼠鼓翰倏然背騰固無常所唯神所遇



**肉萬斤 壽三百** 東方朔神異記曰北方有曾鼷鼠在水下出焉其狀如鼠肉重萬斤抱朴子玉策記稱鼠三百歲滿者則色白善憑人而卜名曰仲仲能一年之中吉凶及千里外之事皆知也

**見東宮 獲北苑** 晉起居注曰元康元年五月白鼠一見東宮後魏書曰永興三年春於北苑獲白鼠尋死剖之腹中三子盡白

**【賦】後魏盧元明劇鼠賦** 跖實排虛巢居穴處■■於山澤悉潛夫於

林藪故寢廟有處茂草別所窺乃微蟲乖羣異侶千紀而進於情難許爾雅所載厥類多種詳其容質並不足重或處野而隔陰山或同穴而隣嶓冢或飲河以求飽腹或喻翁烟而游森聳然今者之所論出於人家之壁孔嗟乎在物最爲可賤毛骨莫充於玩賞脂肉不登於俎膳故淮南輕擧遂嘔腸而莫追東阿體拘徒稱仙而被譏其爲狀也憯㥄咀吁雖𪖐睒䁱鬚似麥穟半垂眼如豆角中劈耳類槐葉初生尾若杯酒餘 乃有老者右羸體亦 偏多奸計眾中无敵託社忌器妙解自惜深藏厚閉巧能推覓或尋繩而下或自地高蹦登机緣櫃盪瓶動帟恂恂終朝轟轟竟夕是以詩人爲辭寔云其碩盜于湯之珎俎傾留髦

之香澤傷纚領之斜製䙰羅衣之重襲曹舒虫是獻規張湯爲之被謫亦有閑召之士倦遊之客絕慶弔以養真素擯左右而尋詩易庭院肅清房櫳虛寂爾以羣鼠乘間朱西攄擲或牀上捋髭或戶間出頟貌甚舒暇情無畏惕又八領其黨■欣欣奕奕歃覆箱奩騰踐茵席共相侮慢特無宜適■天壤之含弘産此物其何益

猴第十五

敘事

毛詩草蟲經曰猱獼猴也楚人謂之沐猴老者爲獑（在咸反）獑胡獑胡駿捷也其鳴嗷嗷而悲抱朴子玉策記曰山中申日稱人君侯也猴壽八百歲繁露曰蝯似猴大而黑長前臂所以壽八百其氣也周索氏孝子傳曰蝯寓屬也或黃黑通胂輕巢善緣能於空輪轉好吟雖爲人所得終不徒生爾雅曰累猴似猴南海人名爲累猴也玃似大母猴也色蒼黑持人好顧聆也胛玃父善顧狒狒如人被髮迅走食人威夷長脊而泥（泥少力）蜼卬鼻而長尾（蜼似獼猴而大蒼黑色尾長數尺似獺尾末有歧鼻露上向■則自懸於尌以尾塞鼻）又曰貀（女滑反）無前足徂玃屬也豦（竭於反）如豹而形似獼猴多須奮迅其頭能舉石以擿於人也又曰蒙頌似猴而小紫黑色可畜以捕鼠勝猫說文曰夔（火木反）類犬背以上黃腰以下黑食母猴吳錄地理志曰果然蝯

貀之類也色青赤有文居樹上說文曰𪕋𪕋音愚
玉篇音扶沸反 人身反踵自笑則上脣掩其目一名梟
羊如麂善登木劉欣廣州記曰猦母似蝯而無
尾見人若慙屈頸扣頭打殺得風還活括地圖
曰猩猩人面豕身知人名也

**事對**

抱梁 升木 袁步排諧集常山王九命文曰及至圖身失所覊靮人間馴纓服制惟意所牽登楹而遨抱梁而眠捨撫遺餘恣口所便毛詩曰無教猱升木毛萇注曰猱猨屬也孫炎注爾雅曰猱母猴也

丹脣 赤足 傳玄猨猴賦曰戴以赤幘襪以朱巾暨其面丹其脣揚眉蹙額若愁若嗔江棄地記曰攝山有山猨赤足或見涉冬積雪輒有一行跡

騎牛 服鼠 郭須魏晉世語曰司馬宣王辟州泰爲新城太守尚書鍾琉請泰曰君釋褐登宰府乞兒乘小車一何駛泰曰君明公之子少有文彩故守吏職獮猴乘上牛一何遲衆賓悅服王充論衡曰蚊䖟之力不如牛馬牛馬困於蚊䖟有勢也鹿之角足以觸犬猨之手足以搏鼠然而鹿制於犬猴服於鼠爪不利也

蟲質 獸身 譙子法訓曰人之所以貴者以其節也人而無禮者其獮猴乎雖人象而蟲質也阮籍獼猴賦曰體多似而匪類貌乖殊而不純外察慧而無度兮故人面而獸身

**賦**

後漢王延壽王孫賦 原天地之造化實神偉之屈奇道玄微以密妙信無物而弗爲有王孫之狡獸形陋觀而醜儀顏狀類乎老公軀體似乎小兒眼睢𥈭崖睊五反流以眩平反郮視職咸睫以眏平反悅睦平反迷突鳥決高目而曲頰瞏偃瞋平反久歷而嚎離鼻鼿許反解顒許反假以歔吸嗽許反夾耳聿役以適聽知口嗛反呥以齩之頤戚齒而𪘀脣皷反徐嚻而熣以跛疋甲反梘妍甲反齒崖崖以齴齾齱嚼唯喋而嚻而葉咒餕糧食於兩頰稍委輸於胃脾踡菟蹲而狗踞聲歷鹿而喔咿或嗝而嗝而嗷嗷又㗖的嗅反歷其若啼姿僭傑呼反虎而悠贛嗔輅肝閱以頊醢胎苫晼苑朦反公而睍覓睗錫抗阮睒反而蒐㥦而踧跋生深山之茂林處嶄巖之嶔崎性𤄶猜之猶疾態峯出而横施緣百仞

之高木攀窮梟之長枝背牢落之峻壑臨不測之幽溪尋柯條以宛轉或捉腐而登危若將頹而復著紛紕黜以陸離或羣跳𧿶刀而電透或瓜懸而瓠垂上觸手而拏攫下對足而登跂至攀攬以狂接覆縮臂而電走時遼落以蕭索乍睥睨以容與或蹂跌決以踐游又咨嗷而攢聚扶嶔崟以揀陳椽反緣躡危梟而騰舞忽涌逸而輕迅羌難得而覼縷同甘苦於六類好哺糟而啜醨乃設酒於其側竟爭飲而踖火反緣馳顛火反蜀陋酌傑火反以迷醉朦眠睡而無知暫拏鬃好公以緤火反結縛遂纓絡以縻羈鎖繫於庭廡觀者吸咽而忘疲

詩 陳蕭詮夜猨啼詩

桂月影才通猨啼逈入風隔巖還嘯侶臨潭自響空挂藤疑取飲吟枝似避弓別有三声淚霑裳竟不窮

# 初學記卷第二十九





何

初學記卷第三十

鳥部　　錫山安國校刊



鱗介部



蟲部





鳳第一

敘事

孔演圖曰鳳火精也毛詩草虫經曰雄曰鳳雌曰皇其雛爲鸑鷟或曰鳳皇一名鸑鷟一名鶠毛詩疏曰鳳非梧桐不棲非竹實不食論語摘衰聖曰鳳有六像九包六像者一曰頭像天二曰目像日三曰背像月四曰翼像風五曰足像地六曰尾像緯九包者一曰口包命二曰心合度三曰耳聽達四曰舌詘伸五曰彩色光六曰冠矩州七曰距銳鉤八曰音激揚九曰腹戶行鳴曰歸嬉止鳴曰提扶夜鳴曰善哉晨鳴

曰賀世飛鳴曰郎都知我唯黃持竹實來故子欲居九夷從鳳嬉宋均曰緯五緯也度天也州當木朱色也戶所內出入也應天下和平者也黃黃中通理也鳳遇亂則潛居九夷許慎說文曰鳳神鳥也天老曰鳳像麟前鹿後蛇頸而魚尾龍文龜背鷰頷雞喙五色備擧出東方君子之國翶翔四國之外過崑崙飲砥柱濯羽弱水莫宿丹穴見則天下大安寧字從鳥凡聲也鳳飛則羣鳥從以萬數也皇甫謐帝王世紀曰黃帝服齊于中宮坐于玄扈洛上乃有大鳥雞頭鷰喙龜頸龍形麟翼魚



尾其狀如鶴體備五色三文成字首文曰順德背文曰信義膺文曰仁智不食生蟲不履生草或止帝之東園或巢阿閣其飲食也必自歌舞音如簫笙漢書元始三年有鳳皇集東海遣使祠其處宣帝時鳳皇神雀甘露降集京師赦天下鳳皇集上林迺作鳳皇殿以荅嘉瑞任子曰鳳爲羽族之美麟爲毛類之俊龜龍爲介虫之長梗柟南爲衆材之最是物之貴也

事對

銜圖授璽春秋合誠圖曰帝坐玄扈洛上與太司馬容先等臨觀鳳皇銜圖置帝前黃帝再拜受圖宋均注玄扈石室名

也又曰堯坐中舟與太尉舜臨觀鳳皇負圖授堯圖以赤玉爲押長三尺廣八寸黃玉撿白玉繩封兩端其章曰天赤帝符璽五字

**丹穴　紫庭** 山海經曰丹穴之山有鳥名曰鳳皇是鳥自歌自舞見則天下大安寧蔡邕琴操曰周成王時天下化鳳皇來舞於庭成王乃援琴而歌曰鳳皇翔兮於紫庭余何德兮以感靈

**六德　五象** 桓玄鳳皇賦曰惟羽族之外殊誕皇鸞而稱傑邈區宇以超樓撫朝陽於丹穴備六德以成文曄藻翰之有烈韓詩外傳曰天唯鳳爲能究方物通天地故得鳳像之二則鳳過之得鳳像之三則鳳集之得鳳像之四則春秋下就之得鳳像之五則鳳沒身居之黃帝曰於戲允哉朕何敢與之焉

**十子　五雛** 焦贛易林曰鳳有十子同巢共母權以相保又曰鳳生五雛長于南郭君子康寧悅樂身榮

**巢閣　棲桐** 尚書中候曰堯即政七十年鳳皇止庭伯禹拜曰黃帝軒■鳳皇巢阿閣詩義疏曰鳳皇名鸑鷟非梧桐不棲非竹實不食諸說鸑鷟鳳類與此不同

**鳳翼　雲儀** 論摘衰聖承進誠曰鳳有六像四曰翼像風陶潛山海經曰靈鳳撫雲儀神鸞垂玉音雖非世上寶



爰得王母心

**金味　朱冠** 陸翽鄴中記曰石季龍皇后在觀上有詔書五色紙著鳳口中鳳既銜詔侍人放數百丈緋繩轆轤迴轉鳳皇飛下鳳以木作之五色漆畫咮脚皆用金顧愷之鳳賦曰朱冠赫以雙翹者也

**陽精　靈質** 鶡冠子曰鳳皇鶉火之禽陽之精也德能致之其精畢至顧愷之鳳賦曰靈質翽其高舉

**止帝梧　集王谷** 韓詩外傳曰漢帝乃服黃衣帶黃紳戴黃冕齋于中宮鳳乃蔽日而至黃帝降于東階西向再拜稽首皇天降祉不敢不承命鳳乃止帝東園集帝梧桐食帝竹實沒身不去焦贛易林曰神鳥五色鳳皇爲王集於正谷使君得所

**五彩羽　千金毛** 東觀漢記曰運武十七年鳳皇至高八九尺毛羽五彩集潁川羣鳥並從蓋地數頃留十七日乃去王子年拾遺記曰周昭王以青鳳之毛爲二裘一曰燠質一曰暄肌常以禦寒至厲王末猶寶此物及厲王流于彘人得而珎之罪有陷大辟者以青鳳毛贖罪免死片毛則准千金

**賦**

唐太宗文皇帝

**鳳賦** 有一威鳳憩翮朝陽晨游紫霧夕飲玄霜資長風以舉翰戾天衢而遠翔西翥則烟氛闔色東飛則日月騰光

化垂鵬於北裔訓羣鳥於南荒弥亂世而方降膺明時而自彰幸賴君子以依以持引此風雲濯斯塵滓披蒙翳於葉下發光華於枝裏仙翰屈而還舒靈音摧而復起盼八極以騰翥臨九天而高峙庶廣德於衆禽非崇利於一已是以徘徊感德顧慕懷賢憑明哲而禍散記英才而福延荅惠之情弥結報功之志方宣非知難而行易思令後以終前俾賢德之流慶畢萬葉而芳傳

**晉傅咸鳳皇賦** 仰天文以弥觀兮覽神象乎太清伊鳳儀之誕育兮稟朱行之淳精故能體該衆妙德備五靈穢惟塵之紛濁兮患俗綱之易嬰心耿耿其悠遠兮意飄飄以遐征翔寥廓以輕舉兮凌清霄而絕形若乃龍飛九五時惟大明闡隆正道既和且平感聖化而來儀兮讚簫韶於九成隨時宜以行藏兮諒出處之有經豈以美而賈害兮固以德而見榮曠千載而莫覩兮忽翻爾而來庭應龍至兮庶有感於斯誠而君子之是忽兮賦微物以申情雖綺靡之可翫兮悲志大之所營敢砥鈍於未蹤兮則瓦礫於瑶瓊

**詩** **後漢劉楨鳳皇詩** 鳳皇集南岳徘徊孤竹根於心杅不厭奮翅騰紫氛豈不常辛苦羞與雀同羣何時當來儀要須聖明君



**陳張正見賦得棲梧桐威鳳詩** 丹山下威鳳來集帝梧中欲舞春花落將飛秋葉空影照龍門水聲入洞庭風別有將離曲翻更合絲桐

## 鶴第二

**敘事** 詩義疏曰鶴大如鵝長三尺脚青黑高三尺餘赤頰赤目喙長四寸多純白亦有蒼色蒼色者今人謂之赤頰常夜半鳴其鳴高朗聞八九里唯老者乃聲下今吳人園中及士大夫家皆養之雞鳴時亦鳴繁露曰鶴知夜半鶴水鳥也夜半水位感其生氣則益喜而鳴鶴所以壽者無死氣於中也相鶴經曰鶴者陽鳥也而遊於陰因金氣依火

精以自養金數九火數七故七年小變十六年大變百六十年變止千六百年形定體尚潔故其色白聲聞天故頭赤食於水故其喙長軒於前故後指短棲於陸故足高而尾凋翔於雲故毛豐而肉疎大喉以吐故脩頸以納新故生天壽不可量所以體無青黃二色者木土之氣內養故不表於外是以行必依洲嶼止不集林木蓋羽族之宗長仙人之騏驥也鶴之上相瘦頭朱頂露眼黑睛高鼻短喙䯄（音故解反）頰䯾（音德宄反）耳



長頸促身鷰膺鳳翼雀毛龜背鱉腹軒前垂後高脛粗節洪髀纖指此相之備者也鳴則聞於天飛則一舉千里鶴二年落子毛易黑點三年產伏復七年羽翮具復七年飛薄雲漢復七年舞應節復七年晝夜十二時鳴中律復百六十年不食生物復大毛落茸毛生雪白或純黑泥水不污復百六十年雄雌相見目精不轉而孕千六百年飲而不食鸞鳳同為群聖人在位則與鳳凰翔於甸

事對

陽鳥　仙禽（淮南八公相鶴經曰鶴者陽鳥也而遊於陰也鮑昭舞鶴賦曰偉胎化之仙禽）　金衣　玉羽（西京雜記）

曰始元元年黄鶴下太液池上爲歌曰黄鶴飛兮下建章羽肅肅兮行蹌蹌金爲衣兮菊爲裳自顧薄德愧尔嘉君

鮑昭舞鶴賦曰振玉羽而臨霞

**翔紫蓋　養青田**

盛弘之荆州記曰衡山有三峯極秀一名紫蓋澄天明景輙有一雙白鶴廻翔其上清響亮徹永嘉郡記曰有沐[illegible]野去青田九里此中有一雙白鶴年年生伏子長大便去只惟餘父母一雙在耳精白可愛多云神所養

**入帳　乘軒**

李遵太元眞人茅君傳曰好道者入廟或見一白鶴入帳中白鶴者皆是九轉還丹使左傳曰衛懿公好鶴鶴有乘軒者

**飲瑤池　翔金穴**

鮑昭舞鶴賦曰朝戲於芝田夕飲乎瑤池李遵太元眞人茅君內傳曰茅盈留句曲山告二弟曰吾去有局任不復得數相往來父老歌曰茅山連金穴江湖據下流三神乘白鶴各居一山頭佳雨灌稻陸田亦復周妻子保堂室使我無百憂白鶴翔金穴何時復來遊

**素羽　玄睛**

王韶之神境記曰滎陽郡南百餘里有蘭岩常有雙鶴素羽皦然日夕偶影翔集傳云昔夫婦倶隱此年數百歲化成此鶴淮南八公相鶴經曰鶴之上相露眼玄睛

**丹頰　朱頂**



詩義疏曰鶴形如大鵝丹頰赤目相鶴經曰鶴之上相瘦頭朱頂長頸促身

**龜背　鳳翼**

淮南八公相鶴經曰鶴之上相雀毛龜背又曰鸞膺鳳翼

**飲溶溪之水　啑太湖之萍**

王子年拾遺記曰周昭王時塗脩國献青鳳丹鶴各一雄一雌以潭阜之粟飴之以溶溪之水飲之袁彦正始名士詩曰鴻鶴比翼遊羣飛戲太清常畏失網羅憂患一朝并豈若集太湖順流啑浮萍

**賦**

**魏曹植白鶴賦**

嗟皓麗之素鳥兮含奇氣之淑祥薄幽林以屏處兮蔭重景之餘光狹单巢於弱條兮懼衝風之難當无沙棠之逸志兮欣六翮之不傷承邂逅之僥倖兮得接翼於鸞皇同毛衣之氣類兮信休息之同行痛良會之中絶兮遘嚴災而逢殃共太息而祗懼兮抑吞声而不揚

**宋鮑昭舞鶴賦**

散幽經以驗物偉胎化之仙禽鍾浮曠之藻質抱清迥之明心指蓬壺而翻翰望崑閬而揚音■日域以廻騖窮天漢而高尋戲神區其既遠積靈祀而方多睛合丹而星曜頂凝紫而烟華引貟吭之纖婉頓脩趾之洪姱疊霜毛而弄影振玉羽而臨霞朝戲於芝田夕飲乎瑤池厭江海而游澤掩雲羅而見羈去帝

鄉之岑寂歸人寰之喧卑歲崢嶸而愁暮心惆悵而哀離云云

【詩】梁簡文帝賦得舞鶴詩：來自芝田遠飛渡武溪深振迅依吳市差池逐晉琴哥声傳迴澗動翅拂花林欲知情物外伊令有清潯

梁吳詠詠鶴詩：本自乘軒者為君階下禽摧藏多好皃清唳有奇音

陳陰鏗詠鶴詩：依池屢獨舞對影或孤鳴乍動軒遲步時轉入琴声

陳孔德紹賦得華亭鶴詩：華亭失侶鶴乘軒寵遂終三山淩苦霧千里激悲風心危白露下聲斷綵絃中何言斯物變翻復似遼東

## 雞第三

【叙事】春秋說題辭曰雞為積陽南方之象火陽精物炎上故陽出雞鳴以類感也雞之為言佳也佳而起為人期莫寶也善為人制晏早之期春秋運斗樞曰玉衡星散為雞遠雅頌著倡優則雄雞



五足爾雅曰雞大者蜀蜀子雛未成雞曰僆絕有力奮雞三尺為鶤棲於杙為桀鑿垣而棲為塒郭璞注曰蜀今蜀雞也雛雞子名也今江東呼雞少者為僆鶤古之名雞易林曰巽為雞雞鳴節時家樂無憂尚書曰牝雞之晨惟家之索韓詩外傳曰田饒謂魯哀公曰夫雞平頭戴冠者文也足傳距者武也敵在前敢鬬者勇也見食相告者仁也守夜不失時者信也雞有五德猶曰瀹而食之者何也以其所從來近也周官曰工商執雞取其守時而動禮記曰祭宗廟之禮雞曰

翰音風俗通曰呼雞曰朱朱俗云相傳雞本朱
氏翁化爲之今呼雞皆朱朱也崔豹古今注曰
雞一名燭夜廣志曰雞有胡髯五指金骹反翅
之種大者蜀小者荆白雞金骹者美長尾雞尾
細而長長五尺餘出東夷韓國九眞郡出長鳴
雞龍魚河圖曰玄雞白頭食之病人雞有六指
亦殺人雞有四距亦殺人雞有五色亦殺人白
澤圖曰雞有四距重翼者龍也殺之震死論墓
書曰養白雞令識其主聲形以五月五日九月



九日任意用五色絲長五寸係雞頸將雞於名
山放雞著山仰頭呪曰必存鳴晨雞心開悟本
草曰烏雞主補中

**事對**

玉瑲　金距　魯瑕長鳴雞賦曰朱冠玉瑲形素並施左傳曰季郈之雞鬭季氏芥其雞郈氏爲之金距平子怒益宮於郈氏且讓之故郈昭伯亦怨平子

芥羽　花冠　左傳曰季郈之雞鬭季氏芥其雞杜預注云擣芥子播其羽也或曰以膠沙播之爲芥雞沈懷遠南越志曰雞冠四開如蓮花鳴声清徹也

翠冠　玄羽　沈■遠長鳴雞讚曰翠冠繢茵碧距麗陳就昏別夕望加驚晨傳依弃鬭雞賦曰玄羽點而含曜

金骹　鐵距　郭義恭廣志曰雞有金骹反翅之種吳時外國傳曰扶南山范尋以鉄爲鬭雞假距與諸將■錢

能言　善鬭　王子年拾遺記曰含塗國去王都七萬里人善明鳥獸雞犬皆使能言西京雜記曰成帝時交趾越嶲獻長鳴雞即下漏■之晷刻無差長鳴一食時不絕長

距善鬪也翠彩朱光傅休弈鬪雞賦曰翠彩蔚而流清曹植鬪雞詩曰悍目發朱光

雙頭四翼王子年拾遺記曰太初二年月氏貢雙頭雞四足一展鳴則俱鳴魏收後魏書曰崔光字長仁東清河郡人也正始元年夏有典事史元顯獻四足四翼雞詔散騎侍郎趙邕以問光光表曰翅足衆多亦羣下相扇動之象雞而未大脚弱差小亦其勢尚微易制御也武帝覽之悦後數日而■皓等並以罪失伏法於是禮光逾重

飛海外鳴雲中郭子橫洞冥記曰有遠飛雞夕則還依人曉則絕飛四海外朝往夕還沈懷遠南越志曰威平有巨亢焉至於重陰四晦則雞鳴雲中

賦

傅休弈鬪雞賦玄羽黝而含曜兮素毛頹而揚精紅縹廁於微黃兮翠彩蔚而流清五色錯而成文兮質光麗而豐盈前看如倒傍視如傾目象規作觜似削成高膺峭峙雙翅齊平擢身竦體怒勢橫生爪似鍊鋼目如奔星揚翅因風撫翮長鳴猛志橫逸勢凌天廷

傅玄鬪雞賦或躑躅踟蹰或踈躡容與或爬地俛仰或撫翼未舉或狼顧鴟視或鸞翔鳳舞或佯背而引敵或畢命於強禦於是紛紜翕赫雷合電擊爭■身而相戟兮竟隼鷙而鵬睨得勢者凌九天失據者淪九地徒觀其戰也則距不虛挂翮不徒拊意如飢鷹勢如逸虎



晉嘏長鳴雞賦嘉鳴雞之令美智窮神而入冥審璇璣之迴處定昏明之至精應青陽於將[illegible]忽鶴立而鳳停乃拊翼以贊時遂延頸而長鳴若乃本其形像詳其羽儀朱冠玉璫彤素並施紛葩赫弈[illegible]色流離殊姿艷溢采曜華枝雍容鬱茂飄颻風靡扇六翮以增暉舒毳毛而下垂違雙距之岌峩曳長尾之逶迤

詩

魏曹植鬪雞詩羣雄正翕赫雙翅自飛揚揮羽激流風悍目發朱光願蒙貍膏助常得擅此場

後周王褒看鬪雞詩躞蹀始橫行意氣欲相傾詎敵金芒起猜羣芥粉生入場疑挑戰逐退似追兵誰知函谷下人去獨開城

梁簡文帝鬪雞詩歡樂良无已東郊春可遊百花非一色新田多異流龍尾横津漢車箱赴戍樓玉冠初警敵芥羽忽猜儔十日驕旣滿九勝勢恒遒脫使田饒見堪能說魯侯

陳褚玠鬪雞東郊道詩春郊鬪雞侶捧敵兩逢迎詭羣排袪出帶勇向場驚錦毛侵距散芥羽雜塵生還同戰勝

罷玖介
寄前鳴

鷹第四

事

易通卦驗曰鷹者鷙殺之鳥周書曰鷙蟄之日鷹乃祭鳥大戴禮曰正月鷹則爲鳩鷹也者其殺之時也鳩也者非其殺之時也善變而之仁故具言之也鳩爲鷹而之不仁故不盡其辭春秋元命包曰瑶光散爲鷹立秋之日鷹鸇擊爾雅曰鷹鶆鳩鶆當爲鵜字之誤也廣雅曰白鷢鷹也廣志曰鷹一歲爲黃二歲爲撫三歲爲青

對

**制鵬鶚** **逐鳥雀** 孔氏志曰楚文王少時雅好田獵天下快狗名鷹畢聚焉有人獻一鷹曰



非王鷹之儔俄而雲際有一物凝翔飄颻鮮白而不辨其形鷹見於是■翮而升矗若飛電須臾羽墮如雪血灑如雨良久有一大鳥墮地而死度其兩翅廣數十里喙邊有黃衆莫能知時有博物君子曰此大鵬鶵也始飛焉故爲鷹所制文王乃厚賞獻者左傳曰子產始知然明問爲政焉對曰視民如子見不仁者誅之若鷹鸇之逐鳥雀 **春化** **秋吟** 禮記曰仲春之月鷹乃學習孟秋之月鷹乃祭鳥用始行戮蔡邕文帝答繁欽書曰於是商風振條春鷹秋吟斯可謂声協鍾石氣應風律 **猛氣** **雄姿** 傅玄鷹賦曰含炎离之猛氣兮受金剛之純精獨飛時於林野兮復徊翔於天庭又曰觜利吳戟目類明星雄姿邈代逸氣橫生 **恥鷲雀** **截鵠鸞** 傅玄長歌行曰蒼鷹厲爪翼恥與鷲雀遊成敗在縱者無令鷙鳥憂孫楚鷹賦曰有金剛之俊鳥生井陘之巖阻擒狡兔於平原截鵠鸞於河渚 **棲茂樹** **擊中原** 焦貢易林曰鷹棲茂樹候雀往來傅玄鷹賦曰雖逍遙於廣廈思擊厲於中原 **青骹素羽** **華絆金鐶** 傅玄蜀都賦曰鷹則流星曜景奔電飛光青骹素羽飄雪繁霜

傳玄鷹賦曰奮翅不得起撫翼無所翔飾三彩之華絆結旋璣之金鏁

**賦** 隋魏彦深鷹賦

唯茲禽之化育寔鍾山之所生資金方之猛氣擅火德之炎精何虞者之多端運橫羅以羈束綴輕絲於雙瞼結長皮於兩足飛不遂於本情食不充於所欲逸翰由而暫歛雄心爲之自局若乃貌非不一相乃多途指重十字尾貴合盧立如植木望似愁胡觜同利劒脚等荆枯亦有白如散花赤如點血大文若錦細斑似纈眼類明珠毛猶霜雪身重若金爪剛如鐵或復頂平伹削頭圓如卵臆闊頸長觔麤脛短翅厚羽勁髀寛肉緩求之事用俱爲絶伴或似鶚頭或似鵄首赤精黃足細骨小肘懶而易驚姦而難誘任不可呼飛不及走若斯之輩不如勿有若夫疾食速消此則有命兇頸猴立是爲无病厠門忌大結肚惡軟縧不欲絶背不宜喘生於窟者則好眠巢於木者則常立雙骹長者則起遲六翮短者則飛急毛衣屢改厥色无常寅生酉就揔號爲黃二周作鴘千日成蒼雖曰排虛性殊衆鳥雌則體大雄則形小遇犬則驚猜得人則馴擾養雛則少病野羅則多巧察之爲易調之實難格必高迴屋必華寛薑以取熟酒以排寒韝須溫煖肉不陳乾近之令狎靜之使安晝不離手夜便火宿





微加其毛少減其肉肌肥膓瘦心和性熟念絶雲霄志在馳逐

**詩** 隋煬帝詠鷹詩

迋朔欲之衛忽投蔚羅裏既以羈華絆仍持獻君子青骹固絶儔素羽誠難擬深目表茲稱闊臆斯爲美鷙獸不及奔猜禽无暇起雖蒙韝上榮无復凌雲志

## 烏第五

**敘事** 說文曰烏孝烏也春秋運斗樞曰飛翔羽翮爲陽陽氣仁故烏哺公也春秋元命包曰日中有三足烏者陽精其僂呼也僂呼温潤孝生長之言孝經援神契曰德至鳥獸則白烏下矣東觀漢記曰章帝元和元年代郡高柳烏生子三足大如雞色赤頭赤有角長寸餘張勃吳録曰彭澤有

烏接丸行者丸飯投之高下無失宋起居注曰
元嘉十三年陽羨縣民談合送白烏皓質潔映
有若輝璧爰稽瑞圖實惟嘉祥崔豹古今注曰
烏一名鶖烏通俗文白頭烏謂之鴰鶂鶂治八反詩
義問曰有鴨烏鴨音匹雅烏楚烏也爾雅曰鸒斯
鵯鶋楚烏也又曰雅烏小而多声腹下白又曰烏鵲醜其掌縮飛縮脚腹
下又曰有燕烏山烏炎烏燕白脰烏鸀山烏鸀似
烏而小赤觜穴乳出西方

**事對**

日禽　陽烏許慎說文曰烏孝烏也孔子曰烏嗚呼也取其
助氣故以爲烏呼烏中之禽故爲像形也張衡靈憲曰日陽精之宗積而成烏烏有三趾陽之類數也　銜纖



萃冠劉義慶世說曰徐干木年少時嘗夢烏從天下銜長斗纖樹其庭前烏復上天銜纖下凡樹三纖竟烏大鳴作
惡聲而去徐後果得遂以惡終伏侯古今注曰曾參鉏瓜三足烏萃其冠　歸飛　返哺毛詩曰弁彼鸒
斯歸飛提提譙子法訓曰夫孝行之本替本而求末者未見得之者也如或得之君子不貴矣烏者而有返哺況人而无孝心
者乎　巢門　畫壁常璩華陽國志曰僰道縣孝子吳順養母赤烏巢其門應劭風俗通曰按明帝起居
注曰東巡泰山到滎陽有烏飛鳴乘輿上虞賁士吉射之烏上
告曰烏鳴啞引身射左腋陛下方萬歲臣爲二千石帝賜錢二
百萬令亭壁畫爲烏也　丹質　素體辥綜赤烏頌曰赫赫赤烏惟日之精朱羽丹質希代而生辥綜
白烏頌曰粲焉白烏皓體如素宗廟致敬乃胥來顧　化魚　銜鵲南越記曰烏賊魚常自浮水上烏見
以爲死便啄之乃卷取烏故謂烏賊魚今之烏化爲之魚湖沖吳曆曰吳王爲神主來立廟倉龍門外時有烏巢朱雀門上又
有兩烏銜一鵲置神座前或得神書說改元之意乃改赤烏爲太元年　八子　九雛古樂府歌曰烏

生八九子端坐秦氏桂樹閒昔我秦氏家有遨蕩子用睢陽蘇合彈司馬彪續漢書曰桓帝時童謡曰城上烏尾畢逋一年生九雛公爲吏兒爲徒一徒死百乘車

賦

晉成公綏烏賦 惟玄烏之令鳥兮性自然之有識應炎陽之純精兮體乾剛之至色望仁里之廻翔兮翩羣鳴以什翼差自託於君子兮心雖迩而不逼起被高林集此叢灌棲息重陰列巢布榦繽紛霧會廻皇歷亂來若雨集去如雲散哀鳴日夕鼓翼昧旦噫啞相和音声可玩嗟斯鳥之克孝兮心識養而知慕同蓼莪之報德兮懷凱風之至素雛既壯而能飛兮乃銜食而反哺遊朝霞而凌厲兮飄輕翥於玄冥有崑山之奇類兮體殊形於玉趾凌西極以翱翔兮爲王母之所使時應德來儀兮介帝王之繁祉入中州而武興兮集林木而軍起能休祥於有周兮矧貞明于吉士嘉茲鳥之淑良兮永樂而靡已

梁何遜窮鳥賦 差窮鳥之小鳥意局促而馴擾声遇物而知哀翩排虛而不矯望絕侶於夕霞聽翔羣於月曉既滅志於雲霄遂甘心於園沼時復搶榆決至觸案窮歸若中氣而自墮似驚弦之不飛■雞時而共宿啄鴈稗以爭肥異海鷗之去就无青鳥之是非豈能瑞周德而丹羽感燕悲而素暉雖有知於理會終夫悟於心機



詩

唐太宗文皇帝詠烏代師道詩 凌晨麗城去薄暮上林棲辞枝暫起停樹樹還低向日終難託迎風詎肯迷只待纖纖手曲裏作宵啼

梁朱超詠城上烏詩 朝飛集麗城猶作夜啼声近日毛雖暖聞弦心尚驚

隋明慶餘死烏詩 暮空長罷噪箭急不知驚賴餘琴裏曲猶有夜啼声

虞世基晚飛烏詩 向日晚飛低飛飛未得棲只爲歸林遠恒當侵夜啼

隋楊師道應詔詠巢烏詩 桂樹春暉滿巢烏刷羽儀朝飛麗城上夜宿碧林陲背風藏密葉向日逐踈枝仰德還能哺依仁遂可窺驚鳴雕輦側王吉自相知

## 鵲第六

敘事

爾雅曰鵲鵙醜其飛也翪 踈翅上下也音宗 說文曰鵲知太歲之所在象文從隹昔聲易統卦

曰鵲者陽鳥先物而動先事而應見於未風之象令失節不巢癸氣不通故言春不東風也周書曰小寒之日鴈北鄉又五日鵲始巢鵲不始巢國不寧孫卿子曰王者之政好生惡殺則烏鵲之巢可俯而窺也張華博物志曰鵲巢開口背太歲此非才智任自然之得也雜五行書曰埋鵲一枚溝中辟盜賊姦邪本草曰五月五日鵲腦入術家用一名駁烏

**事對**

**巢知背歲　立必順風**　張華博物志曰鵲巢開口背太歲此非才智任自然之得也東方朔傳曰朔日以人事言之從東方來鵲尾長傍風則傾倍風則壓必當順風而立是以東鄉鳴也



**南飛月夜　東嚮雨晴**　魏武帝樂府詩曰月明星稀烏鵲南飛遶樹三匝何枝可依東方朔傳曰孝武皇帝時間居言事燕坐未央前殿天新雨止當此時東方朔執戟在殿階傍屈指獨語上從殿上見朔呼問之生獨所語者何也朔對曰殿後栢樹上有鵲立枯枝上東嚮而鳴也

**銜火清谿　採粟貞嶠**　郭子橫洞冥記曰帝解鳴鴻之刀以賜東方朔刀長三尺朔曰此刀採首山之金鑄爲此刀雄者以飛雌者獨在金出九陽清溪有鵲銜火於清溪之上王子年拾遺記曰貞嶠之山名環丘上有方湖千里多大鵲高一尺入羣飛於湖際銜採不周之粟於環丘之上

**賦**

**梁徐勉鵲賦**

觀羽族之多類實巨細以羣飛既昔雲而弥上亦棲睫而忘歸爰有茲禽六翮期具生无隱嘿質有玄素匪違凉而就暑通四節以馳騖出崑山而抵玉入召南而興賦其識知來其巢知風比之烈士時起則雄逢翳奮而翔集乘清吹而西東荷休明以得性游苑囿以自終

**詩**

**魏收看柳上鵲詩**

背歲心能識登春巢自成立枯隨雨

霧依枝須月明疑是雕龍出當由抵玉驚間関拂條軟迴復振毛輕何獨離妻意傷人但未聽 梁蕭紀詠鵲詩 欲避新枝滑還向故巢飛今朝聽声喜家信必應歸 隋魏彦深園樹有巢鵲戲以詠之曰 畏玉心常駭填河力已窮夜飛還繞樹朝鳴且向風知來寧自伐識歲不論功早晚時應至輕舉一排空

鴈第七

敘事

爾雅曰鳧鴈之醜其足蹼 郭璞曰脚間幕蹼相連也音卜 廣雅曰鴚■ 音何音加 鵝倉鴚鴈也揚雄方言曰自關而東謂鴈鴚鵝南楚之外謂之鵝或謂之倉鴚周書曰白露之日鴻鴈來鴻鴈不來遠人背畔小寒之日鴈北鄉鴈不北鄉民不懷至儀禮曰大夫執鴈取其候時而行也婚禮下達納采用鴈禮記曰孟春之月鴻鴈來季秋之月鴻鴈來賓季冬之月鴈北鄉春秋繁露曰凡贄大夫用鴈鴈有類長者在民上必有先後鴈有行列故以爲贄山海經曰鴈門山鴈出其間在高柳北梁州記曰梁州縣界有鴈塞山傳云此山有大池水鴈棲集之故因名曰鴈塞十三州記曰上虞縣有鴈爲民田春銜拔草根秋啄除其穢是以縣官禁民不得妄害此鳥犯則有刑無赦

**事對** 集玄塞 射上林 成公綏鴻鴈賦曰起寒門之垠兮集玄塞以安處賓弱水之陰岸兮有沙漠之絶渚史記曰蘇武在匈奴中昭帝遣使通和常惠夜見漢使教使謂單于曰天子射上林中得[illegible]係帛書言武等在某澤中使者如其言[illegible]于於是大驚乃使武還也 過雲夢 度寒門 成公綏鴈賦曰奔巫山之陽隅兮趍彭澤之遐裔過雲夢以娛遊兮投江[illegible]而中甜盛弘之荊州記曰岑鴈塞北接梁州汶陽郡其間東西岑屬大巖无際雲飛風翥翥望崖迴翼唯一處爲下胡鴈達塞矯翼裁度故名鴈塞同於鴈門 嬉玄渚 濯清泉 羊祜鴈賦曰排雲墟以頡頏汰弱波以容與進凌於泰清退嬉魚乎玄渚成公綏賦曰上揮翮於丹兮下濯足於清泉經天地[illegible]遐極兮樂和氣之純煖 接羽 拂翼 曹植[illegible]繳鴈賦曰接羽翮以南北兮羊祜鴈賦曰浮若漂舟乎江之濤色若委雪乎嵩之阿邕邕兮悲鳴雲間因飛臨虛厲清和眇眇兮瞥[illegible]入清塵拂日拂翼[illegible]光 背青春 翔玄月 孫楚鴈賦曰迎素秋而南遊背青羅春而北息泝長川以爲鳴號洪波方



以鼓翼郭璞江賦曰陽鳥爰翔于以玄月千類萬聲自相喧聒蕭廣濟注曰陽鳥鴈之屬 出高柳 經景山 山海經曰鴈門山鴈出其門在高柳北荊州圖記曰沮縣西北平里有鴈浮山是山海經所出謂景山沮水之出也高三十餘里脩巖遐亘擢幹干霄鴈比翔北歸偏經其上土人由茲山名改焉

**賦** 魏曹植繳鴈賦 憐孤鴈之偏特兮情悵焉而內傷尋淑類之殊異兮稟上天之休祥含中和之純氣兮赴四節而征行遠玄冬於南裔兮避炎夏兮朔方白露凄以飛[illegible]兮秋風發乎西商感節運之復至兮假魏道而翺翔接羽翮以南北兮情逸豫而永康望范氏之發機兮播纖繳以凌雲挂微躯之輕翼兮忽頽落而離群旅朋驚而鳴逝兮徒矯首而莫聞 陳後主夜亭度鴈賦 春望山楹石暖苔生雲隨竹動月共水明暫逍遥於夕逕聽霜鴻之度声度声已悽切猶含關塞鳴從風兮前倡駛帶暗兮後羣驚帛久兮書字滅蘆束兮斷銜輕行雜響時亂響雜行時散已定空閨愁還長倡樓嘆空閨倡樓本寂寂况此寒夜褰珠幔心悲調管曲未成手撫弦聊一彈一彈管且陳歌翻使怨情多

**詩** 唐太

宗皇帝賦得早鴈出雲鳴詩 初秋玉露清早鴈出空鳴隔雲時亂影因風作
含声 梁劉孝綽賦得始歸鴈詩 洞庭春水綠衡陽旅鴈歸差池高復下欲向龍
門飛 陳周弘正於長安詠鴈詩 南思洞庭水北想鴈門關稻梁俱可戀飛去復
飛還 隋王冑送周員外充戍嶺表賦得鴈詩 旅鴈別衡
陽天寒關路長行斷由經箭声斷爲犯霜羅繳无人閔能鳴反自傷何如侶汎汎刷羽戲方塘 周庾信秋
夜望單飛鴈詩 失羣寒鴈声可憐夜半單飛在月邊无奈人心復有憶今■將渠俱不眠 虞
世南秋鴈詩 日暮霜風急羽翮轉難任爲有傳書意聯翩入上林

鸚鵡第八 敘事 說文曰鸚鵡能言鳥也鸎從鳥嬰
聲鴞從鳥母聲劉艾漢帝傳曰興平元年益州



蠻夷獻鸎鴞三詔曰往者益州獻鸎鴞三枚夜
食三升麻子今穀價騰貴此鳥無益有損可付
安西將軍楊定因令歸本土山海經曰黃山及
數歷之山有鳥焉其狀如鴞赤喙人舌能言名
曰鸎鴞 郭璞云鸎鴞舌似小兒舌有五色者亦有純白純赤者 廣州記曰根杜
出五色鸎鴞曾見其白者大如母雞南方異物
志曰鸎鵡有三種青大如烏臼一種白大如鴟
鴞一種五色大於青者交州巴南盡有之及五
色出杜薄州凡鳥四指三向前一向後此鳥兩

指向後〔事對〕

緗翼　翠衿　曹毗鸎鵡賦曰其形則雄顧鵲眄鸞跱鴈息丹喙含映緗葩煥翼禰衡鸎鵡賦曰紺趾丹觜緑毛翠衿

丹足　紫毛　傅玄鸚鵡賦曰鳳翔鸞跱孔質翠榮懸頳分於丹足婉朱味之熒熒孫暢異物志曰鸎鵡其毛色或若緑或紫赤喙曲如鴞而目深行如鳩雀而能効人言故見殊貴

擇林　啄蘂　禰衡鸎鵡賦曰飛不妄集翔必擇林郭璞山海經圖讃曰鸎鵡慧鳥棲林啄蘂四指中分行則以嘴

如雞　似鴞　呉時外國傳曰扶南東有漲海時出五色鸎鵡曾見其白者大如母雞南方異物志曰鸎鵡有三種一種大白如鵝鴞

通夢憂賢　感神滅火　周宣夢書曰鸎鵡爲亡人居宅也夢見鸎鵡憂亡人也其在堂上憂豪賢也劉義慶宣驗記曰鸎鵡飛集山也山中禽獸輙相愛重鸎鵡自念雖樂不可久也便去後數月山中大火鸎鵡遥見便入水霑羽飛而灑之天神言汝雖有志何足云也鸎鵡曰猶知不能然嘗僑住是山禽獸行善皆爲兄弟不忍見耳天神嘉感即爲火滅

〔賦〕後漢禰衡鸎鵡賦　惟西域之禽鳥兮挺自然之奇姿體金精之妙質兮含火德之明輝性辯慧而能言兮心聰明而識機故其嬉游高峻棲跱幽深飛不妄集翔必擇林紺趾丹觜緑衣翠衿采采麗容咬咬好音雖同族於羽毛固殊智而異心配鸞皇而等美焉比德於衆禽

魏曹植鸎鵡賦　美中州之令鳥超衆類而殊名感陽和而振翼遁太陰以存形遇旅人之嚴網殘六翮而無遺身絓滞於重絲孤雌鳴而獨歸豈余身之足惜憐衆雛之未飛分糜軀以潤鑊何全　之敢希蒙育養之厚德令君子之光輝怨身輕而施重恐往惠之中虧常戢心以懷懼雖處安而若危求哀鳴以報德庶終來而不羅

宋顏延之白鸎鵡賦　余具職崇賢預觀神祕有白鸚鵡焉被素履玄性溫言達九譯絶區作玩天府同事多士賢奇思賦其辭曰稟儀素域繼體寒門貌履玄而被潔性既養而示溫恨儀鳳之无辨惜晨鷄之徒喧

宋謝莊赤鸎鵡賦　夫慧性昭和天機自曉審國音於中㝢達方声於遐表及其雲移霞峙霧散雪翻陸離暈漸容與鴻軒躍林飛岫煥若輕電溢相門集場棲圃舞若天桃被玉園至於氣淳渚淨霧下雈沉月圓光於渌水雲寫影於青林

〔壽〕李

義府詠鸚鵡詩牽弋辭重海觸網去層巒戢羽雕籠際延思彩霞端慕侶朝声切離羣夜影寒能言殊可貴相助憶長安

## 鱗介部

### 龍第九

敘事 說文曰龍鱗蟲之長能幽能明能小能大能長能短春分而登天秋分而入川廣雅云有鱗曰蛟龍有翼曰應龍有角曰虬龍無角曰螭龍方言曰龍未升天曰蟠龍河圖曰黃金千歲生黃龍青金千歲生青龍赤白之金千歲各生龍左傳曰古者畜龍故國有豢龍氏御龍氏豢養也昔有飂叔安飂古國名叔安其君名有裔子曰董父實甚好龍能求其嗜欲以飲食之龍多歸之乃擾畜龍以服事帝舜舜賜姓董氏元命包曰龍之言萌也陰中之陽故言龍舉而雲興山海經曰應龍處南極殺蚩尤與夸父不得復上應龍遂在地故下數旱旱而爲應龍狀乃得大雨氣應所感括地圖曰龍池之山四方高中有池方七百里羣龍居之多五花樹羣龍食之去會稽四萬五千里淮南子曰夫蛟龍伏潛於川而卵剖於

陵其雄鳴上風其雌鳴下風而化者形精之至也人不見龍之飛舉而能高者風雨奉之也抱朴子曰有自然之龍有蚍蠋化成之龍又曰山中辰日稱雨師者龍也瑞應圖曰黄龍曰神靈之精四龍之長也王者不漉池而漁德達深淵則應氣而游池沼

**事對**

**躍淵** **階水** 周易曰九四或躍在淵无咎趙曄獻帝春秋曰孫策獲大夫茲乃出教曰龍欲騰翥先階尺水且令署茲爲門下督須軍還當更議

**銜燭** **捧鑪** 楚詞曰燭龍何照王逸注曰大荒西北隅有山而不合因名之不周山故有神龍銜燭而照之趙曄吳越春秋曰王允常聘歐冶子作劍赤堇之山破而出錫若耶之溪涸而出銅雷公擊橐蛟龍捧鑪天帝裝炭太一下觀



**騰雲** **乘水** 楚國先賢傳曰宋玉對楚王曰神龍朝發崑崙之墟暮宿於孟諸超騰雲漢之表婉轉四瀆之裏夫尺澤之魚豈能到江海之大哉管子曰蛟龍水中之神者也乘水則神立失水則神廢

**五彩** **九色** 河圖曰舜以太尉即位與三公臨觀黄龍五彩負圖出置舜前也漢武内傳王母乘紫雲之輦駕九色之班龍

**翠鱗** **赤帶** 楊子雲爲玄曰作龍者施卜爲骨緄繒爲皮丹黄爲文翠羽爲鱗水以游之風以㢲之沈懷遠南越志曰蟠龍身長四丈青黑色赤帶如錦文常隨水而下入于海有毒傷人即死

**紀官** **賜氏** 皇甫謐帝王世紀曰太昊庖犧氏風姓有景龍之瑞故以龍紀官左傳曰陶唐氏既衰其後有劉累學擾龍于豢龍氏以事孔甲能飲食之夏后嘉之賜氏曰御龍氏

**投杖** **挂梭** 葛洪神仙傳曰費長房與壺公俱去後壺公謝而遣之長房憂不能到家公與所用杖騎之忽然如睡已到家以所騎竹杖葛陂中顧視之乃青龍也劉叔敬異苑曰陶侃常捕魚得一織梭還挂着壁有頃雷雨梭變成赤龍從屋而躍

**三友** **兩壻** 魏志[illegible]歆邴原管寧三人爲友號曰一龍

歆爲龍頭原爲龍腹寧爲龍尾又曰黄尚爲司徒與李元禮俱娶太尉桓温女時人謂桓叔元兩女俱乘龍言得壻之如龍

**賦** 魏劉劭龍瑞賦 歲在析木時惟仲春靈威統方勾芒司辰陽升九四或躍于淵有蜿之龍來游郊甸應節合義象德效仁紆體蟠縈摛藻布文青耀章采雕琢璘玢爍若羅星蔚若翠雲光昺弈以外照水清景而內分望上覿之无射左右察之旣精聊假物以擬身忽神化而无形泉含物而不濟固保倫而常 魏繆襲青龍賦 懿矣神龍其知惟時覽皇代之云爲襲九泉以潜處當仁聖而覿儀應令月之風律照嘉祥之赫戲敷華▇之珎體耀文采以陸離曠時代以稀出觀四靈而特奇是以見之者景駭聞之者崩馳觀夫仙龍之爲形也盖鴻洞輪碩豐盈修長容姿温潤蜲蛇成章繁蚴蟉不可度量遠而視之似朝日之陽迩而察之象列鈌之光爚若鑒陽和映瑤瓊㬠若望飛雲曳旗旌或蒙翠▇或類流星或如虹蜺之垂耀或似紅蘭之芳榮煥璘彬之瑰異實皇家之休靈奉陽春而介福賚乃國以嘉禎

## 魚第十二

**敘事** 莊子曰朽瓜化爲魚物之變也列子曰終北之北有溟海魚廣千里其身稱焉廣志曰武陽小魚大如針號一斤千頭蜀人以爲醬崔豹古今注曰鯉之大者曰鱣鯉之大者曰鮪白魚雄者鯇魚小好羣浮水上名曰萍淮南子曰詹公之釣千歲之鯉陶弘景本草曰鯉最爲魚中之主形旣可愛又能神變乃至飛越山湖所以琴高乘之又鯉魚鮓不可合小豆藿食害人又發諸瘡鱧魚一名鮦除蒙反味甘無毒主除水氣面大腫及五痔䱁魚味甘大温無毒云

是芹根變作又曰是人髮所化作臛食之甚補鮑魚味辛無毒主逐痿蹷腕折瘀血鰒(蒲角反)魚治青盲失精鰻(莫干反)鱺(力奚反)魚味甘形似䱟能緣樹食藤花取作脯食之廣州記曰魴魚廣而肥甜魚之美者也鯨鯢長百丈大亦稱之雌曰鯢雄曰鯨目即明月珠死不見有眼睛而噴浪翳於雲日爾雅曰鯉(今之赤鯉名)鱣(今江東呼為黃魚)鰋(今鰋額白魚)鮎(別名鯷)魾大鱯小者鮡(鱯似鮎而大色白或鮡之大者曰鱯)鱦小魚(魚子未成者)鰕魚鯢大者謂之鰕似鮎四足聲似小兒



南越志曰鱣鱏(子林反)屬也長鼻輭骨長數丈而骨可啖似黃鮭而長鋸魚左右如鐵鋸三牙魚似石首或曰雄石首也鯯魚肥美有餘土人重之魏武時四人食鯯鱣魚大如五斗奩長丈口頷下常三月中從河上常於孟津捕之黃肥唯以作鮓淮水亦有毛詩義疏曰鮪魚出海三月從河上來今鞏縣東洛度北崖上山腹穴舊說北穴與江湖通鱣鮪從北穴而來入河鮪似鱣而色青黑頭小而尖如鐵兜鍪口在頷下大者

七八尺益州人謂之鮪鱨大者王鮪小者叔鮪一名鮥肉色白今東萊遼東人謂之尉魚或謂之仲明者樂浪尉溺死海中化爲此魚鱮似魴而大頭魚之不美者故語曰買魚得鱮不如啗茹徐州謂之鰱(里然反)魦(沙)魚吹沙也似鯽魚狹小常張口吹沙也一名重脣籥鯊鱨(嘗)魚一名揚合黃頰骨正黃魚之大而有力者魚鯉背上有斑文腹下純青今以飾弓鞬步文也海水將潮及天將雨毛皆起潮還天晴毛則伏常千里



外知海潮也山海經曰鱖(厥衛反)魚大口而細鱗有斑彩鯈(與昭反)魚狀如鯉魚身鳥翼蒼文白首赤喙常從西海游於東海以夜飛音如鸞見大穰何羅魚一首而十身其音如犬吠食之已癰鮨(諸)魚身大首音如嬰兒食之已狂鱄(市戀反)珠鱉如肺而有目六足有珠魚狀如鮒彘毛其音如豚見則天下旱薄魚其狀如鱣而一目其音如歐(如人歐吐聲)見則天下[illegible]鯷魚赤目赤鬣者食之殺人鯪(陵)魚背腹皆有刺如三角菱吳錄曰錯魚

魚子生後，朝出索食，暮皆入母腹中。（一作鰽）水經曰：海鰌（丑由反）魚長數千里，穴居海底，入穴則海水爲潮，出穴則水潮退，出入有節，故潮水有期。異物志曰：鮫魚皮可以飾刀，其子驚則入母腹中。吳地志曰：石首魚至秋化爲冠鳧，冠鳧頭中猶有石也。南越記曰：烏賊魚一名河伯度事小史，常自浮水上，烏見以爲死，便往啄之，乃卷取烏，故謂之烏賊，今之烏化之。天牛魚方員三丈，眼大如斗，口在脅中，露齒無脣，兩肉角如臂，兩翼長六尺，尾長五尺。比目魚不比不行（江東呼爲王餘）。昔越王爲膾，剖而未切，墮[illegible]于水，化爲魚。臨海異物志曰：比目魚似左右分魚，南越謂之板魚。人魚似人，長三尺，不可噉。張華博物志曰：牛魚目似牛形，如犢子，剝皮懸之，潮水至則毛起，去則毛伏。又南方草物狀曰：水豬魚似豬形。又異物志曰：鹿魚頭上有兩角如鹿。



事對

有翼　無鱗（劉向列仙傳曰：子莫者，舒鄉人也，善入水捕魚，得赤鯉魚，愛其色，持之著池中，數以米穀食之，一年長丈餘，遂生角有翼。河圖曰：黃帝遊於洛，見鯉魚長三丈，青身無鱗，赤文成字。）

千斤　七里（太魏諸州記曰：小平津有洞穴鯉魚）

從穴中出入大者重千斤色青皮如鮫魚皮沈瑩臨
海水土異物志曰鯉魚長百步俗傳有七里鱣魚 如鮫
似龍 太魏諸州記曰每至三月中有鱣魚從穴出入河重千
斤色青皮如鮫魚皮有珠文口在頷下毛詩義疏曰鱣身
似龍銳頭口在頷下背上
腹下有甲大者千餘斤 北溟鯤 南海鯨 莊子曰北
溟有魚其
名爲鯤其大不知幾千里也王子年拾遺記曰黑河北極也其
水濃黑不流土雲生焉有黑鯤魚千尺如鯨常飛往南海或宕
而失所死於南海之濵肉骨
皆消唯膽如石上仙藥也 若獸 如虵 山謙之南徐州記
曰鯪鯉若鯉魚四
足吳都賦曰所謂鯪鯉若獸沈懷遠南越志曰鯪魚鯉也形如
蛇而四足腹圍五六寸頭似蜥蜴鱗如鎧甲異物志謂之鯪鯉
黑身 青目 沈懷遠南越志曰烏鯌魚通身黑長
二丈臨海水土記曰鯌魚鹿文青目 虎形 蝦尾
沈瑩臨海水土物志曰虎鯌長五丈黃黑斑耳目齒牙有似虎
形唯无毛或變乃成虎沈懷遠南越志曰蝦鯌長五丈尾似蝦
白腹 斑文 沈瑩臨海水土異物志曰鯌腹下正白
長五尺又曰虎鯌長三尺黃色斑文 鋸



齒 霜牙 萬震南州異物志曰鰐齒■羅則斷如刀鋸居
水中以食魚爲本唐闡吳都賦曰鰐鱗霜牙 珠
文 毒尾 劉欣期交州記曰鯼魚出合浦長三尺背上有甲
珠文堅強可以飾刀口又可以鑢物山海經曰燕
山漳水出焉其中多鮫魚注曰鮫
有珠文尾青毒皮可以飾刀劍口 春來 秋化 臨海異物
志曰石首
小者名■水其次名春來石首異種也又有石頭長七八
寸與石首同張勃吳録曰婁縣有石首魚至秋化爲鳧 片
立 雙游 臨海水土記曰板魚片立合體俱行比目
魚也孫綽望海賦曰三餘張戲比目雙游 象
獺 似牛 揚孚臨海水上記曰魚牛象獺大如犢
子毛青黃色其毛似毡知潮水上下 賦 晉
摯虞觀魚賦 觀鱗族於虒池兮睨羽羣於瀨涯乃有洧泉
之鯉濯陂之鰋䱨潛涌躍没浪赴遠集于曲
漼之隈逐乎澹淡之深攢聚輻凑或躍或沉倏樂攸驛眩目驚
心徒極觀而无獲兮羡鮮肴之柔嘉於是六柱俱起參搆横羅
編莞爲■木激波奔突轉薄流不及瀾魚未驚而失行忽浪
達於急湍諒形勝之得勢實有往而无反魚■膾鯉亦有庶羞

肴核芘陳既言且柔沉溢爵於通溝因素波以獻酬騁微巧於浮觴■機槺於迅流既歡豫而不倦頹窮晝而兼夜獨臨川而慷慨感逝者之不捨惟脩名之求立戀景曜之西謝懼留連之敗德遂收歡而命駕是時也含懷湛遁需于酒食盤衎宴安歡情未極選興之言矯枉以直悅而不懌莫不歎息

【詩】梁張率詠躍魚應詔詩 戢鱗隱繁藻頷首承渌滴何用遊溟澥且躍天泉池

陳張正見賦得魚躍水花生詩 漾色桃花水相望濯錦流躍浦疑珠出依池似鏡浮凌波銜落蘂觸餌避沉鉤方遊蓮葉外詎入武王舟

隋阮卓賦得蓮下游魚詩 春色映澄陂涵沫且相隨未上龍門路聊戲芙蓉池觸浪蓮香動乘流藻影披相忘自有樂莊惠詎能知

隋岑德潤詠魚詩 劔影侵波合珠光帶水新蓮東自可戲安用上龍津

## 龜第十二

【敘事】雒書曰靈龜者玄文五色神靈之精也上隆法天下平法地能見存亡明於吉凶



王者不偏黨尊者老則出洪範五行曰龜之言久也千歲而靈此禽獸而知吉凶者也周官曰龜人掌六龜之屬各有名物天龜曰靈屬地龜曰繹屬東龜曰果屬西龜曰靁屬南龜曰獵屬北龜曰若屬各以方色與其體辨之屬言非一也色謂天龜玄地龜黃東龜青西龜白南龜赤北龜黑凡取龜用秋時攻龜用春時各以其物入于龜室六龜各異室上春釁龜祭祀先卜大戴禮曰甲之蟲三百六十而神龜為之長逸禮曰天子龜尺二寸諸侯八寸大夫六寸士民四寸龜者陰

蟲之老也龜三千歲上游於卷耳之上老者先知故君子舉事必考之禮統曰神龜之象上圓法天下方法地背上有盤法丘山玄文交錯以成列宿五光昭若玄錦文運轉應四時長尺二寸明吉凶不言而信運斗樞曰瑤光星散爲龜爾雅曰龜三足賁龜俯者靈仰者謝前弇諸果後弇諸獵左倪不類右倪不若一曰神龜二曰靈龜三曰攝龜小龜也腹甲曲折解能自張閉也四曰寶龜五曰文龜六曰筮龜常在著叢下潛伏也七曰山龜八曰澤龜九




曰水龜十曰火龜史記曰褚先生曰能得名龜者財物歸之家必大富至千萬一曰北斗龜二曰南辰龜三曰五星龜四曰八風龜五曰二十八宿龜六曰日月龜七曰王龜八曰九州龜凡八名其龜圖各有文在腹下文曰某之龜也不必滿尺二得七八寸取寶矣又曰上有檮蓍下有神龜蓍生滿百莖者其下常有龜守之其上有青雲覆之南方老人用龜支牀足行二十年老人死移牀龜尚生不死龜能行氣導引宋略曰

吳郡獻六眼龜南齊書曰永明年唐潛獻青毛神龜一頭玄中記曰東南之大者巨鼇焉以背負蓬萊山周廻千里巨鼇巨龜也又千歲之龜能與人語南越志曰龜甲一名神屋出南海生池澤中吳越謂之元佇神龜大如拳而色如金上甲兩邊如鋸齒爪至利而能緣大木捕鳴蟬至美可食不中於卜以其小故也涪陵大龜文似瑇瑁俗號曰靈 抱朴子曰千歲之龜五色具焉其額上兩骨起似角浮於蓮葉之上或在



叢蓍之下其上或時有白雲蟠蛇龜蛇潛蟄則食氣夏恣口而甚瘦冬穴蟄而大肥博物志曰大惡龜鼉鼊之類無雄與蛇通氣則孕龜鼉皆卵生崔豹古今注曰龜名玄衣督郵廣志曰觜(茲維反)蠵(夷佳反)形如龜出交州山龜在山上食草長尺餘柳氏龜經曰龜一千二百歲可卜天地之終始何以言之三千四十二占於天地千歲之龜甲黑龜有五色依時用之

**事對**

法天　象地(禮統)曰神龜之象上員法天下方法地背上有盤法丘山玄文交錯以成列宿洛書曰靈龜者上隆法天下平象地

十朋

**四品** 周易曰或益之十朋之龜王弼注曰龜者決疑之物獲益而得十朋之龜則盡天人之助也漢書曰元龜距■長尺二寸直一千一百六十爲尺貝十朋公龜九寸以上直五百爲壯貝十朋侯龜七寸以上直三百爲公貝十朋子龜五寸以上直百爲小貝十朋是爲寶四品

**玄服　纁裳** 史記曰宋元王問博士衛平曰今昔寡人夢見一丈夫玄纁之服而乘輕車曰我爲江使於河而豫且得我而不能去身在患中莫可告語王有德義故來告愬是何物也衛平乃援式而起對曰昔壬子宿在牽牛使者當囚依玄服而乘輜車其名爲之龜王可使問而求之王曰善哉孫惠龜言賦曰有緇衣之丈夫兮衣玄纁之衣裳乘輕車之岌岌兮駕雲霧而翺翔風雨爲之電奮五色赫以焜煌

**赤靈　白若** 柳隆龜經曰龜有五色依時用之青靈之龜春宜用之西坐東向赤靈之龜夏宜用之北坐南向墨子曰昔夏后■使飛廉析金■山以鑄鼎於昆吾使翁難乙灼白若之龜是也

**巢蓮　升木** 史記曰褚先生曰江南嘉林龜在其中常巢於芳蓮之上左脅書文曰日子重光得者疋夫爲人君有士正諸侯得我者爲帝王王子年拾遺記曰



崑崙山第五層有神龜長一尺九寸有四翼萬歲則升木而居亦能言也

**朱字　玄文** 尚書中候曰堯沉璧於洛玄龜負書出於背上赤文朱字止壇場沉璧於河黑龜出赤文題禮統曰神龜之象上有盤法丘山玄文交錯以成列宿

**春灼　冬釁** 三禮圖曰龜以上春灼後左夏灼前左秋灼前右冬灼後右蔡邕月令章句曰孟冬之月命大卜釁龜筴以牲祠龜筴塗以牲血謂之釁龜釁者龜甲所以卜也筴者蓍草所以筮也

**陸行　坎居** 焦贛易林曰龜厭江海陸行不止自令枯槁失其都市李顒龜賦曰質應離象位定坎居賤彼朶頤貴我靈符浮洛川見緯書洞祕■通玄虛

**支牀　懸室** 史記曰南方老人用龜支牀足二十餘年又曰取龜置室曲北隅懸之以入深大林中不惑

**督郵　神使** 古今注曰龜名玄衣督郵神使申龜也郭璞龜賦曰應玄南之褒珮愍神使之纓羅

**錦文　金色** 禮統曰神龜之象若玄錦文運轉應四時沈懷遠南越志曰神龜出大如拳而色如金

**養氣　含神** ■郭璞山海經圖讚曰水圓三潛源溢沸靈龜爰處掉尾養氣

莊生是感揮竿傲貴沈懐遠南越志曰神龜出於江水中盧江郡常獻生龜於大甘其含神知爲効之大

**右轉** **左顧** 一臧宋緒晉書曰孔愉字敬康會稽山陰人愉少時嘗得一龜放於溪中龜中流左顧數過及鑄侯印而龜左顧更鑄亦然印工以告愉悟取珮焉續搜神記曰鄱陽人黄赭入山采荆揚遂迷路數日忽見大龜赭便呪之曰汝是靈物而吾迷不知道今騎汝背頭向便是路龜即回右轉赭即從行十許里便得溪水即估客行舟者也

**三足** **四翼** 山海經曰丈若山陽狂水出焉注于伊水中多三足龜王子年拾遺記曰崑崙第五層有神龜四翼

**青純** **翠毫** 尚書中候曰周公攝政七年制禮作樂成王顧於洛沉璧禮畢王退有玄龜青純蒼光背甲刻書上躋于壇赤文成字周公寫之徐湛之翠龜表曰句容縣人獲龜一頭體披翠毫騰■飛集

**大篆** **元緒** 淮南子曰周人簡珪產於古石大篆神龜出於溝壑劉敬叔異苑曰吳時有人入山見一大龜即擔之以歸欲上吳王夜宿越里纜船於桑樹下夜中樹忽呼龜曰元緒何得在此龜曰行不擇日今方見烹雖然盡南山樵不能潰我



**賦** **魏曹植神龜賦** 龜號千歲時有遺余龜者數日而死肌肉消盡唯甲存焉余感而賦之曰嘉四靈之建德各潛位乎一方蒼龍虬於東岳白虎嘯於西崗玄武集於塞門朱雀棲於南鄉順仁風以消息應聖時而後翔嗟神龜之奇物體乾坤之自然下夷方以則地上規隆而法天順陰陽以呼吸藏景曜於重泉食飛塵以實氣歛不竭於朝露步容趾以俯仰時鸞回以鶴顧忽萬載而不恤周无疆於太素感白靈之翔翥卒不免乎豫且雖見珍於宗廟辭刳剥之重辜欲翺然於上帝將等愧乎游魚濯沉泥之逢殆赴芳蓮以巢居安玄雲而好靜亢丘翔而改度昔嚴州之抗節援斯靈而記喻嗟祿運之屯蹇發遇獲於江濱歸籠檻以幽處遭諄美之仁人晝顧瞻而終日夕撫順以接晨遘淫災以隕越命勦絶而不振天道昧而未分神明幽而難燭黄氏没於空澤松喬化於株木蚍折鱗於平臯龍蛻骨於深谷亮物類之迁化疑斯靈之解殼

**詩** **北齊捎儒宗詠龜詩** 有靈堪託夢无心解自謀不能著下伏強從蓮上游自圖非所巽支牀空見留儻蒙一曳尾當爲屢回頭

**讚** **晉郭璞爾雅龜讚** 天生神物十朋之龜或游於火或游于蓍雖六

類殊象一二壔疊
臺致用極數盡幾

# 蟲部

## 蟬第十二

敘事

爾雅曰蜩蜋良蜩調螗蜩蚻札蜻蜻蠽茅蜩蝒弥煎反馬蜩蜺寒蜩孫炎曰蜋五色具蜩宮中小青蟬也蝒蝘音■小者也郭璞注云蜩蜋俗呼爲胡蟬江南謂之螗蛦如蟬而小有文江東呼蠽曰茅蠽似蟬而小■一曰馬蟬蟬中最大者蜺寒蜋也似蟬而小青而赤楊雄方言曰蛥蚗蛥音析蚗音決齊謂之螇螰楚謂之蛉蛄音零秦謂之蛥蚗自關而東謂之虭蟧上音貂下音聊或謂之蝭蟧上音啼或謂之蜓蚞廷西楚與秦通名也江東呼爲蝭蟧蟬謂之蜩宋衛之間謂之螗蜩今胡蟬也陳鄭之間謂之蜋蜩秦晉之間謂之蟬海岱之間謂之蛴技其小者謂之蟧或謂之蝒馬其小者謂之麥札截有文者謂之蜻蜻其雌謂之疋音祖一反大而黑者謂之蝬棧黑而赤者謂之蜺蜩蟧謂之茅蜩蟪謂之寒蜩寒蜩瘖蜩也此諸蟬名通出爾雅而多駁錯未可詳據蟪音應說文曰蟬膀鳴也禮記曰仲夏之月蟬始鳴孟秋之月寒蟬鳴徐廣車服雜注曰侍臣加貂蟬者取其清高飲露而不食也王充論衡曰蠐螬化爲腹育腹育轉爲

蟬生兩翼不類蠐螬淮南子曰蟬無口而鳴三十日而死蟬螟胡蟬蛁蟟茅蟬凡五種也

事對

飲露　聆風　徐廣車服雜注曰侍臣如貂蟬取飲露而不食也傅玄蟬賦曰聆商風而和鳴

嘒庭　翔水　董仲舒荅問曰牛亨問仲舒曰蟬名齊女何故荅曰昔齊王之后怨王而死屍變爲蟬登庭樹嘒唳而鳴王悔恨之故曰齊女文子曰飛鳥反鄉兔走歸窟狐死首丘寒螿翔水各依所生蜺寒蜩郭璞注爾雅曰蜺寒螿也

噪柳　鳴榆　謝靈運燕歌行曰孟冬初節寒氣成悲風入閨霜依庭秋蟬噪柳燕辭櫨念君行役怨邊庭劉向說苑曰吳王欲伐荊舍人少孺子者欲諫不敢乃操彈於後園露沾其衣如是者三日王曰子來何若露衣如此對曰園中有榆其上有蟬高居悲鳴飲露不知螗蜋在其後螗蜋委身曲附欲取其蟬又不知黃雀在其後黃雀延頸欲啄螗蜋不知彈丸在其下此二者欲得其前而不顧其後患吳王曰善哉乃罷兵

五德　八名　陸雲■蟬賦曰昔人稱雞有五德而作者賦焉至於寒蟬才齊其美而莫斯述■頭上有緌則其文也含氣飲露則其清也黍稷不享則其廉也處不巢居則其儉也應候守節則其信也爾雅曰蜩蜋蜩螗蜩■蜻蜻截茅蜩蝒焉蜩蜺寒蜩蜓蚞螇螰李巡注曰自蜩螗以下皆分別五方之語而名不同也顏延之寒蟬賦曰飡霞之■神■乎九仙稟露之混氣精於八蝗

賦

魏曹植蟬賦

惟夫蟬之清潔兮潛厥類乎太陰在炎陽之仲夏兮始游豫乎芳林實淡泊而寡欲兮獨怡樂而長吟声皦皦而弥厲兮似貞士而介心內含和而弗食兮與眾物而无求棲喬枝而仰首兮嗽朝露之清流隱柔桑之稠葉兮快啁號以遁暑苦黃雀之作害兮患螗蜋之勁斧飄高翔而遠託兮毒蜘蛛之網罟欲降身而卑竄兮懼草虫之襲予免眾艱而弗獲兮遥迁集乎宮宇依名果之茂蔭兮託脩幹以靜處有翩翩之狡童兮步容與於園圃躰离朱之脫視兮姿才捷於猴猿條罔葉而不挽兮樹无幹而不緣翳輕軀而奮迅兮跪側足以自閑恐此身之驚駭兮精曾睆而目連怪柔竿之冉冉兮運微粘而我纏欲翻飛而逾滯兮知性命之長捐亂曰詩歎鳴蜩声嘒嘒兮盛陽則■太陰逝兮皎皎貞素侔夷惠兮帝臣是戴尚其潔兮

晉傅玄蟬賦 美茲蟬之純潔兮稟陰陽之微靈含精粹之貞氣兮躰自然之妙形潛玄昭於后土兮雖在穢而逾馨經青春而未育兮當隆夏而化生忽神蛻而靈變兮奮輕翼之浮征翳密葉之重蔭兮■閑樹之肅清緣長枝而仰觀兮吸屋露之朝零泊无爲而自得兮聆商風而和鳴声嘒嘒以清和兮遥自託乎蘭林差群吟以近唱兮似簫管之餘音清擊暢於遐迩兮時感君之丹心

陳褚玠風裏蟬賦 有秋風■來■於高柳之鳴蟬或孤吟而暫斷乍亂響而還連垂玄緌而嘶定避黃雀而声迁愁人兮易驚靜聽兮傷情聽蟬兮靡倦更相兮風生終不校樹兮寂寞方復飲露兮光榮

詩

唐太宗文皇帝賦得弱柳鳴秋蟬詩 散影玉階柳含翠隱鳴蟬微形藏葉裏乱響生風前

梁褚雲賦得詠蟬詩 避雀喬枝裏飛空華殿曲天寒響屢嘶日暮声逾速繁吟如欲尽長韻還相續飲露非表清輕身易知足

梁蕭子範後堂聽蟬詩 試逐微風遠聊隨夏葉繁輕飛避趙雀飲露入吳園流音繞叢藿餘響切高軒借問邊城客傷情寧可言



後梁沈君攸同陸廷尉驚早蟬詩 日暮野風生林蟬候節鳴望枝疑數處尋空定■声地幽吟不斷葉動噪羣驚獨有河陽■偏嫌秋■輕

陳張正見賦得新題得寒樹晚蟬踈詩 寒蟬噪楊柳朔吹犯梧桐葉迥飛難住枝残影共空声踈飲露後唱絶斷絃中還因搖落處寂寞尽秋風

陳張正得秋蟬喝柳應衡陽王教詩 秋鷹寫遥天園柳集驚蟬競噪長枝裏争飛■木前風高知響急近樹覺声連長楊流喝尽詔識蔡邕絃

陳劉刪詠蟬詩 声流上林苑影入守臣冠得飲玄天露何辭高柳寒

虞世南秋蟬詩 垂緌飲清露流響出疎桐居高声自遠非是籍秋風

李百藥詠蟬詩 清心自飲露哀響乍吟風未上華冠側先驚翳葉中

篇

隋顔延之推和陽納言聽鳴蟬篇 聽秋蟬秋蟬悲非一處細柳高飛夕長楊明月曙歷乱起秋声參差攪人慮單吟如轉簫羣噪學調笙年

飄流曼響多含斷絕声毒除自有樂飲露獨爲清短緌何足貴薄羽不羞輕螗蜋翳下偏難見翡翠竿頭絕易驚容止由來桂林苑无事淹留南斗城城中帝皇里金張及許史權勢熱如湯意氣諠城市飆影奔星落馬色浮雲起鼎俎陳龍鳳金石諧宮徵閨中滿季心関西饒孔子詎用虞公立國臣誰愛韓王游說士紅顏宿昔同春花素鬢俄頃变秋草中腸自有極那堪教作轉輪車

蝶第十三

叙事 崔豹古今注曰蛺蝶一名野蛾一名風蝶江東謂之撻末色白背青者是也其有大如蝙蝠者或黑色或青斑名曰鳳子一名鳳車一名鬼車生江南橘樹間搜神記曰朽葦爲蚕麦爲蝓蝶列子曰陵爲得鬱棲則爲烏足此含而相生也



其葉爲胡蝶

事對 入夢 戲園莊子曰昔者莊周夢爲胡蝶翩翩然胡蝶自逾適志歟不知周也俄然覺則蘧然周也今不知周之夢爲胡蝶胡蝶之夢爲周歟古樂府歌詞蛺蝶行曰蛺▇蝶遨戲東園奈何卒逢三月養子鷰接我首蓿間

詩 梁簡文帝詠蝶詩空園暮烟起逍遙獨未歸翠鬣藏高柳紅蓮拂水衣復此從風蝶雙雙花上飛寄語相知者同心終莫違

梁劉孝綽詠素蝶詩隨風澆綠蕙避雀隱青微映日忽爭起因風乍共歸出沒花中見參差葉際飛芳華幸勿謝嘉樹欲相依

梁徐昉賦得蝶依草應令詩秋園花落尽芳菊數來歸那知不夢作眠覺也恒飛

螢第十四

叙事 爾雅曰螢火即炤也廣雅曰景天螢火燐也禮記曰季夏之月腐草化爲螢大戴

禮曰夏小正曰丹鳥羞白鳥丹鳥也者謂丹良也白鳥也者謂蚊也其謂之鳥者重其養也凡有翼者爲鳥羞也者進也不盡食也崔豹古今注曰螢火一名耀夜一名景天一名熠燿一名燐一名丹良一名丹鳥一名夜光一名宵燭腐草爲之食蚊蚋也

**事對**

羞鳥 却馬 大戴禮曰丹鳥羞白鳥淮南方畢術曰螢火却馬注云取螢火裹以羊皮置土中馬見之鳴却不敢行

化草 流金 易通卦驗曰立秋腐草化爲螢潘岳螢賦曰熠燿熒熒若丹英之照葩飄飄頻頻若流金之在沙

景天 暉夜 並見敍事

**賦**

**西晉傅咸螢火賦** 潜空館之寂寂兮意遥遥而靡寧夜耿耿而不寐兮憂悄悄而多傷哀斯火之烟滅兮近腐草而化生感詩人之悠懷兮覽熠燿於前庭不以姿質之鄙薄兮欲增輝乎泰清雖无補於日月兮期自照於陋形當朝陽於戢景兮必宵昧而是征進不競於天光兮退在晦而能明諒有似於賢臣兮於疏外而尽誠蓋物小而論大兮固作者之所旌假乃光而尒職兮庶有表乎忠貞

**西晉潘岳螢火賦** 翔太陰之玄昧抱夜光以清遊頻若飛電之霄逝嘒似移星之雲流動集陽暉灼如隋珠熠熠熒熒若丹英之照葩飄飄頻頻若流金之在沙載飛載止光色孔嘉无声无臭明影暢遐唱朝露於曠野庇一葉之垂柯无干欲於萬物豈顧恤於綱羅至夫重陰之夕風雨晦暝萬物眩惑翩翩獨征竒姿燎朗在陰益榮猶賢哲之處時時昏昧而道明若蘭香之在幽越羣臭而弭馨隨陰陽以飄颻非飲食之是營問螽斯之无忌希夷惠之清貞羨微虫之琦瑋援形筆以爲銘

**梁蕭和螢火賦** 聊披書以娱性悦草螢之夜翔乍依欄而回亮或傍牖而舒光忽翔飛而暫隱時凌空而更颺竹依窻而度影蘭因風而送香此時逸趣方遒良夜淹留眺姮娥之澄景觀熠燿之羣遊類乾沙之飛火若清漢之流星入玄夜而光净出明燈而色幽

聕臨池而汎影與列宿而俱浮覺更籌之稍竭見微光之漸收尒其斜月西傾獨照蓬楹矚曙河之低漢聞伺廟之遠声望落星之掩色見晨禽之曉征悲扶桑之吐曜翳微軀而不明寫余襟其未尽聊染翰以書情

詩 梁簡文帝詠螢火詩 本將秋草並今與夕風輕騰空類星霣拂樹若花生屏疑神火照簾似夜珠明逢君拾光彩不恡此身輕

梁紀少瑜詠月中飛螢詩 遠度時依幕■來如畏總向月光還晝臨池影更雙

梁沈旋詠螢火詩 火申變腐草明滅靡恒調雨墜弗虧光陽昇反奪照泊樹類奔星集草疑餘燎望之如可灼攬之徒有耀

陳楊縉照帙秋螢詩 秋窗餘照盡入暗早螢來忽聚還同色恒然詎落灰飛影黄金散依帷縹帙開含明終不息夜月空徘徊

虞世南詠螢詩 的歷流光小飄飖弱翅輕恐畏无人識獨自暗中明

李百藥詠螢詩 窓裏憐燈暗堦前畏月明不辭逢露濕祇爲重霄行





初學記卷第三十

## 書初學記後

吾錫安國桂坡山房刊初學記成校文澄江郭禾授予讀之作而嘆曰義矣哉安子之舉事也博矣哉安子之推惠也義存乎量匪量曷充博存乎仁匪仁曷溥蓋量隘生怯怯則無勇無勇義烏乎行心局生泥泥則弗通弗通仁烏乎廣安子其兼善矣乎玆記江南舊無傳本起鑽核之心者得之將匱藏家善乃能揮金鋟梓廣布無蘄其心何心哉義與仁之心也昔杜兼家聚書萬卷署其末以墜鬻爲不孝戒子孫韋述亦蓄書萬卷手自校定黃墨精謹雖內祕書不逮俱未

聞與人共若安子者豈多得哉郭子曰君宦久外未知安子乎經史子集活字印行以嘉惠後學二十年來無慮數千卷如合璧鶴山諸集分門隸部視此卷帙尤繁葢公於人不私於已安子之心固如是予又嘆曰吾於是知安子信勇義而擴仁者乎公私廣狹較之豈杜韋輩所能及郭子曰然請書篇終以諗來者

賜進士中大夫山東布政使司左參政致仕前戶科都給事中侍

經筵官邑人俞泰書

# 出版後記

《初學記》三十卷，唐徐堅等輯。徐堅（六五九—七二九），唐代湖州長城人。舉進士，官至右散騎常侍、集賢院學士，封東海郡公。

《初學記》爲徐堅奉敕所纂輯的一部官修類書，取材於群經諸子、歷代詩賦及唐初諸家作品，體例略仿《藝文類聚》，保存了很多古代典籍。《大唐新語》卷九詳細地記載了它的編纂目的與經過：『玄宗謂張説曰：「兒子等欲學綴文，須檢事及看文體。御覽之輩，部帙既大，尋討稍難。卿與諸學士撰集要事并要文，以類相從，務取省便，令兒子等易見成就也。」説與徐堅、韋述等編此進上，以《初學記》爲名。』此書共分二十三部，部下子目又共分三百十三。內容豐贍，涉及面廣。其編纂體例是前爲叙事，次爲事對，末爲詩文。它并非像一般類書一樣，祇把材料按類摘抄，純粹是資料匯編的性質，而是精心編撰，每條材料之間連貫有序，便於查閲記誦，知識性强。此外，內容也兼



及初唐，某些記載可補史志之闕，對研究唐代歷史、文化、文學很有利用價值。因此，評價極高，如《四庫提要》認爲此書：『去取嚴謹，多可應用，在唐人類書中，博不及《藝文類聚》，而精則勝之，若《北堂書鈔》及《六帖》，則出此書下遠矣。』

《初學記》的刻本，有宋刻系統，其中最著名者爲今藏日本宫內廳書陵部的宋紹興丁卯（一一四七）余四十三郎刊本。而此書通行常用的則是明嘉靖間錫山安國的桂坡館刊本，以及屬於此系統的本子。後來所刻諸本，若明嘉靖晋藩刊本、清古香齋袖珍刊本等，無不以此本爲底本。

中國書店本次影印的《初學記》以所藏明嘉靖十年（一五三一）錫山安國桂坡館刻本爲底本，此底本曾入選《第二批國家珍貴古籍名録》。本書半頁九行，行十八字，雙行小字同，白口，左右雙邊，單魚尾，有刻工姓名。中國書店影印出版這部唐代類書，以期爲研究者提供參考與輯佚的珍貴歷史文獻，爲廣大文史愛好者提供元典性質的參考資料。

中國書店出版社
辛卯年秋月

**图书在版编目(CIP)数据**

初学记 /（唐）徐坚等撰. —影印本. —北京：中国书店，2012.1
（中国书店藏珍贵古籍丛刊）ISBN 978-7-5149-0149-8

Ⅰ.①初… Ⅱ.①徐… Ⅲ.①百科全书－中国－唐代 Ⅳ.①Z221

中国版本图书馆CIP数据核字（2011）第201665号

中國書店藏珍貴古籍叢刊

**初學記** 兩函十二冊

作者 唐·徐堅 等撰
出版發行 中國書店
地址 北京市琉璃廠東街一一五號
郵編 一〇〇〇五〇
印刷 杭州蕭山古籍印務有限公司
版次 二〇一二年二月
書號 ISBN 978-7-5149-0149-8
定價 二六〇〇元